SURVIVAL WEDDING

サバイバル・ウェディング

大橋弘祐

Book Design　藤崎キョーコ

「これ、わたしのパンツじゃないんだけど……」

深夜二時、黒木さやかがセミダブルのベッドから手を伸ばして掴んだのは、見覚えのないピンクのパンツだった。背中を向けて寝ていた和也は素早く振り返り、一瞬驚いた顔をしてから、不自然なほど真剣な表情をつくった。

「あ、それ……。それは、あれだよ」

「なに？　あれって」

「だから、あれだよ、あれ。なんていうか、その……、プレゼントだよ。さやかへのプレゼント」

「は？　何言ってんの」

「だからプレゼントだって。ほら、俺たちって付き合ってもうすぐ四年だろ。驚かせようと思って隠しといた。なんていうんだっけ？　こういうの」

「もしかして、サプライズ……」

「そう、それ。サプライズ」

手にしたパンツを広げると、ゴムは伸びていて、真ん中のリボンは傾いていた。どう見ても誰かがはいたものだった。

「ありがとう。前から欲しかったんだ、こういうの——。て、なるわけないよね」

昨日、さやかは七年間勤めた出版社を辞めた。商社で働く二つ年上の和也と、三十歳の誕生日に結婚するためだ。

それなのに三か月後に永遠の愛を誓うはずの男は今、説得力のなさすぎる嘘をついている。

「じゃあ、どこで買ったのよ、これ」さやかはパンツを和也の顔に近づけた。

「ルミネだよ。新宿の」和也は真顔でもっともらしいことを言う。

「ルミネのどこ？」

「どこだっけか……。だいぶ前に買ったからな」

「思い出してよ」

肩を揺すると、和也は逃げるようにベッドから起きあがり、ソファーに腰を下ろした。

「たしか地下だったと思う。よくあそこ通るからさ」

「ルミネの地下歩いてたら、これ見つけて、彼女のプレゼントにいいと思って買ったの？」

「ああ……。そうだよ」

「そんなの変態じゃん」

気づいたら大きな声を出していた。どうしてそんなばかばかしい嘘をつくんだ。涙が浮かんでくる。

「わたしたち結婚するんだよ。わかってる？」

和也は下を向いて黙りこんでしまう。

いつかこんなことになるだろうと思っていた。メイク落としの位置が微妙にずれていたり、バスタオルにボディークリームのにおいが染み付いていたりと、和也の部屋には他の女の気配があった。浮気相手はこのパンツをわざと忘れていったのだろうか、それとも下着を置いていくような関係なのだろうか。

とにかく素直に謝って、もう浮気はしない、お前のことを幸せにするって誓ってほしい。

「本当のこと言ってよ」

さやかがつぶやくと、うつむいていた和也は顔を上げ、何かを飲み込むように喉元を動かした。

「さやか、ごめん。実は……」

今から浮気を告白されるのか――。心臓が締め付けられる。

結婚するんだったら浮気くらい大目に見なければいけないのかもしれない。でもやっぱり浮気の告白なんて聞きたくない。実は浮気してなかったなんてことはないだろうか。さっきのパンツを見る。ここに証拠があるんだ。それはないか。

「実は、俺……」

和也は力のない声を出した。心臓が高鳴り、シーツを掴む手に力が入る。

「……結婚できない」

「へ？」

「本当にごめん……。結婚できないんだ」

は――。結婚できないって、どういうこと？　浮気の告白じゃないの？　頭の中が真っ白になる。

「な、何言ってんの。週末、式場で坂田さんと打ち合わせだよ」咄嗟にそんなことを口にしていた。

和也は唇を噛んで、黙っている。

「変な冗談やめてよ。お母さん、親戚に言いふらしちゃったし」

「ごめん」

「旅行の予約だってしたし」

「ごめん」

「ごめんって……」

和也の決めこんだ目を見て、婚約を解消されるのだと、ようやく頭が理解した。同時に体が熱くなってくる。

「でも和也、結婚したいって言ったよね」

「すぐにしたいなんて言ってないだろ」

「じゃあ、いつならよかったのよ」つい感情的な声を出してしまう。

「そんなの知るかよ」和也がテーブルを叩く。ガラスのぶつかる音がした「そういうのは話し合って決めることだろ。どうして、さやかがなんでもかんでも勝手に決めていくんだよ」

「だって、和也の仕事が忙しそうだったから」

もちろん早く結婚したい気持ちがなかったと言えば嘘になる。もうすぐ三十になるし、このまま付き合っているのも不安だった。ただ、和也にも意見を聞いていたが、反応が悪かったから一人で式や旅行の準備を進めていった。

「だからって、なんで今さら言うの」

「さやかが結婚のことばかり話すから、言い出せなかったんだ」和也はテーブルの上にあったタバコを一本取り出した。「とにかく結婚はもう少し待ってほしい。今はまだ自分の時間を大切にしたい」

「何言ってんの。わたし会社辞めたんだからね」

「辞めろなんてひとことも言ってないだろ」

和也が声を荒げて、吸い始めのタバコを灰皿に押しつけた。

「結婚、結婚って重いんだよ」

けんかをすると、和也が謝るのがいつものパターンだったので、次の言葉が出てこない。嗚咽がとまらず、呼吸するのがやっとだった。

しばらく沈黙が続いた。洟《はな》をすする音と時計の音だけが部屋に響く。

「もう終わりにしよう」和也は何本目かのタバコに火をつけた。「さやかといるとつらいんだ」

「結婚するって言ったじゃん……」

これ以上ここにいると喚《わめ》き散らしてしまいそうで、荷物をバッグに放りこんで部屋を飛び出した。マンションのエレベーターは、和也に追いかけて欲しいという思いを察することなく一瞬で一階に着いてしまう。

外は雨だった。振り返って立ち止まったが、雨の勢いが増すばかりで、和也が出てくることはなかった。

さっきまでいたマンションに冷たく見下ろされた。

★

朝、冷たいものが顔に触れて目を覚ました。テーブルにうつ伏せのまま寝てしまったらしい。頭をのせていた腕がしびれて痛む。

テーブルの上には結婚情報誌と焼酎のボトルがあった。携帯のアラーム代わりにさやかを起こしたのは、グラスからこぼれた泡盛だった。

自分の部屋に戻ったあと、濡れたカーディガンすら脱がずに、泡盛を飲みながら寝てしまったらしい。昨日の出来事が夢ではなかったことを、体に走る寒気が教えてくれた。

鏡に目をやると、涙でマスカラが落ちて目のまわりが黒かった。濡れた雑誌の上で寝てしまったから、「婚」の字の一部が顔についている。

時計に目をやると、すでに八時を回っていた。シャワーを浴びたあとに、どれくらいメイクに時間をかけられるか計算をした。が、すぐに大切なことを思い出した。

わたし会社辞めたんだ——。

その場で横になってみた。床に置いてあったウェディングドレスのカタログが目に入る。レンタルだといいのがなくて、オーダーメイドにしてしまったことを思い出した。

腕を伸ばすと、何か尖ったものが指先に触れる。目の前に持ってくるとクレジットカードの請求書だった。そういえば、独身最後の記念に行ったインド旅行で結構使ってしまった。怖くて封を開けられない。

来月の家賃八万三千円は払えるのか。無職で明日から暮らしていけるのか。次々と不安が頭を過《よぎ》る。

もしかして、これってものすごくやばい状況なんじゃないの。フローリングに触れた背中が急に冷たくなってきた。何かの間違いじゃないかと思いたかったが、どう考えても現実だった。

和也から連絡がきているかもしれない。

二日酔いの頭痛がひどかったので、四つん這いになって玄関に行き、置きっぱなしにしていたバッグの中から携帯を取り出した。

着信はなかった。待ち受け画面に表示されていたのは二人で行った花火大会の写真だ。いつもは何気なく見ていたものが、今日は涙腺に訴えかける。

和也は地元の進学校に通う先輩で、予備校の廊下で一目惚れして以来、高校生活の大半を片想いで過ごした。人生の最初に刻まれた恋心は代わりがきかないもので、別の彼氏ができても、もの足りないような感覚があった。

だから、大人になった和也と偶然東京で再会し、「もしかして、さやちゃん」と声をかけられたときは運命的なものを感じた。手に入らないものが手に入ったからか、絶対失いたくないと思った。

無理に結婚しようとしないで、もう少し待ったほうがよかったのか。さやかは目にティッシュをあてた。

瞼《まぶた》に母の顔が浮かぶ。相談しようか。携帯に番号を表示させたが指が止まってしまう。

母は離婚しているせいか、結婚しろと口にすることはなかった。でも、和也を連れて帰ったときは涙ぐんで喜んでいた。本当は結婚してほしいのだと、親心を知った。そんな母に職を失った上に婚約を破棄されたなんて言えないし、頼るわけにもいかない。

このまま寝てしまいたくなった。現実から逃れたい。もう何も考えたくない。

目をつむったとき、床で携帯が震える音がした。慌てて画面を見る。かけてきたのは和也——、ではなく上司の原田だった。

「黒木すまん。引き継ぎのファイルどこやった？　共有サーバーを探したんだけど見当たらなくてな……」

相談しようかと思った。原田は仕事に行き詰まると、遅くまで話を聞いてくれるようなやさしい上司だった。今だったら退職を取り消してもらえるかもしれない。ここでなんとかしておかないと、ものすごく面倒なことになる気がする。

だからといって、婚約を破棄されたから復職したいなんて言ったら、寿退社に失敗した女だと噂される。そんなの恥ずかしすぎる。

ファイルの場所を教えて電話を切ると、インターホンが鳴った。モニターに映っていたのは佐川急便の人で、届いたのは通販で買ったダイエット器具だ。結婚式までにノースリーブのウェディングドレスが似合うように二の腕をなんとか細くしたかった。代引きで二万八千円と手数料の五百円を払うと、財布の中には八百円しか残ってなかった。

さやかは会社に電話をした。

昨日までは抵抗なく開けられたオフィスのドアが、今日はなかなか開けられない。下の階のトイレに行って、メイクを直しながら心を落ち着かせようとしたが、ずっとそわそわしたままだ。おかげでマスカラを塗りすぎた気がする。

そうこうしているうちに約束の時間になってしまった。

*

この出版社に入社したのは、書籍の編集を経験して、いつかは自分の本を出すのが夢だったからだ。もともとおじさん受けだけはよく、面接で役員と出身が同じ福岡だったという幸運もかさなり、中堅とはいえ希望どおり出版社に就職できた。

ただ、さやかが配属されたのは発行部数と残業時間が社内トップの「週刊エッジ」という週刊誌の編集部だった。そこでは、「B級ミシュラン」というグルメ記事を担当した。

「B級ミシュラン」はビジネスマン向けにガード下の居酒屋やラーメン店を紹介している人気コーナーで、殺人的なスケジュールをなんとかこなしていたおかげで、読者アンケートでも常に上位だった。だからなんとなく復職には自信があった。

それに関係ないかもしれないが、同じ編集部の人に告白されたことがある。しかも二人に。

そのうちの一人が隣に座っていた山崎で、よく「チゲ鍋行きましょうよ」と誘ってきた。会社の同期と女子会をするときには、チゲが変化してチャゲと呼ばれていて、「チャゲは最近も誘ってくる？」とか「チャゲはやっぱりハゲ」などと話していた。

とにかく、この編集部で自分は必要とされていたんだ。そう言い聞かせてドアを開けた。

オフィスに入ると「あれ、結婚やめたの？」と笑えないことを言ってくる人がいたが、笑ってごまかした。ほとんどの人がさやかのことなど気にせず、ただ通り過ぎるだけだ。いつもどおり忙《せわ》しなく働いている人たちを見ると、社会からはじき出されたような気がして、通い慣れたオフィスなのに居心地が悪かった。

一番奥にある編集長のデスクには、ニットのベストを着た原田が座っていた。

「なんだ黒木、話って？　忘れ物でもしたのか」

笑顔で言ってくれたので、少しほっとした。

「ちょっとご相談がありまして……」

他の人に聞こえないように小声で言った。ばつが悪そうな顔を察してくれたのか、原田は奥の会議室に通してくれた。

「ここだけの話にしていただきたいのですが、実は……」

結婚が破談になったことや、復帰したいことを正直に話した。

「それは厳しいな。もう処理されてしまっただろう。今から取り消すにしても理由がな……」原田は首のうしろを掻きながら答えた。

「そこをなんとかお願いできませんか。今まで以上にB級ミシュラン頑張ります」

頭を下げたが、原田は苦笑いのままだ。

「実はもう後任の子が来てるんだ……」

ブラインドの隙間から自分のデスクを覗くと、新しい女の子が座っていた。丈の短いワンピースを着て、毛先をきれいに巻いた新入社員風の子だった。

隣の席の山崎がうれしそうに話しかけている。「チャゲのやつ……」少しいやな気持ちになった。

「他の仕事でも構いません。なんとか働かせてもらえませんか」さやかはもう一度頭を下げた。

「そう言われてもな……。知ってると思うけど、雑誌が売れてないだろ。うちもかなり厳しくてな。今年は二誌も休刊が決まってるし、さっきも、もう一誌休刊にするかどうか会議していたくらいなんだ……」

「どんな仕事でもするんで」と食い下がったが、結局いい返事が聞けなかった。

オフィスから少し離れたところにあるスタバに入った。知っている顔に会いたくないからだ。

いつもはシナモンロールを一緒に注文するが、財布の中身を考えてコーヒーだけにした。三百円するシナモンロールがこれからずっと食べられないような気がして悲しくなる。

奥のソファーに体を沈めると、ずっと座っていたくなった。寝不足のせいか体が重い。

なんで会社辞めちゃったんだろう――。

好きな仕事をしながら幸せな結婚も手に入れる。それが入社していたころに想像していた三十歳の自分だった。だから実力をつけるためにがむしゃらに働いた。仕事を頼まれたら喜んで引き受けたし、記事はライターさんにお願いしないで自分で書いた。

でも、繁華街を駆けずり回り、入稿前に徹夜する生活が続くと、服は手抜きがちになり、コンシーラーの量が増えた。ほうれい線が出てきた自分の姿を見ると、その考えは無理だと思うようになった。同級生から結婚式の招待状を何通も受け取るうちに、結婚して、楽な仕事をしながら、のんびり暮らすことにいつの間にか目標がすり替わっていた。

涙ぐみそうになったのをこらえてから、冷めきったカップに手を伸ばすと、バッグの中の携帯が震えた。原田からだ。

「黒木、どんな仕事でもいいって言ったよな」

1

残りのコーヒーを流しこみ、急いでオフィスに戻った。

「ｒｉｚの編集部だったら、戻れるかもしれないぞ」

原田が笑顔を見せる。

「えっ、本当ですか」

ああ、助かったあ。さやかは大きく息を吐いた。久しぶりに呼吸をした気分だった。

「向こうの編集長に話はつけてあるから、今から行けるか」

「はい。ありがとうございます」自然と明るい声が出た。

『riz』は三十代の女性をターゲットにしたライフスタイル誌だ。ファッションやメイクだけでなく、恋愛、ダイエット、旅行や流行りのレストランのことも扱っている。rizの編集に憧れて、入社を希望する人も多い。営業部や経理部への異動ではないので、むしろよかったかもしれない。

原田はエレベーターに乗り一階のボタンを押す。riz編集部はこのビルから引っ越して、別の場所にある。

外に出ると空の色が少し明るくなった気がした。

原田は昼のオフィス街をゆっくりと歩き、さやかはそのうしろをついていった。

「どうしてrizはわたしを受け入れてくれるんですかね」

さやかが尋ねると、原田は振り向いて目を細めた。

「編集長の宇佐美君に話したら、引き取ってもいいって言ってくれてな」

「宇佐美さんがですか?」

「ああ」原田がうなずく。「もともと宇佐美君はメジャー誌で編集やってたし、海外での編集経験もある。しかも、まだ四十そこそこだろ。黒木にとってもよかったんじゃないか」

その編集長のことは知っていた。海外の出版社から移ってくるなり、アート寄りのファッション誌だったr:izを、恋愛やダイエット情報がメインのライフスタイル誌に路線変更した。しかも男性アイドルのヌードをグラビアに使ったり、病院のクーポンを付けて美容整形を特集したりと、斬新な企画を当てまくり、低迷していたr:izをV字回復させたのだ。二十万部売れれば上出来の女性誌で百万部を突破したこともあるらしい。

「でも厳しそうですよね。宇佐美さんって」

「まあな。雑誌に人生かけてるような男だからな……。でも、ちょうどお前みたいなやつが欲しかったらしいぞ」

「えっ、そうなんですか」

もしかしたら、B級ミシュランが認められたのかも。ということは、r:izは感度の高い女性誌だから、麻布とか恵比寿にあるオシャレなレストランで取材するんじゃないの。これでガード下の居酒屋とラーメン屋を卒業できる。そう何度も悪いことが続くわけないのだ。さやかは笑いを噛み殺した。

しばらく歩いたところで原田が立ち止まった。目の前には白い壁にアーチ型の窓が並んだ古いビルがある。

エレベーターを昇り、「r·iz編集部」とプレートが貼ってある木目の扉を開けた。中は白いタイルの床にアンティーク調の木製のデスクが並べてある。天井は高く、コンクリートが剥き出しだ。

普通、雑誌の編集部は原稿やポスター、撮影道具などが散らかっているものだが、ここは気持ち悪いくらい片付いている。

原田はそんなことを気にしない様子ですたすたと進んでいく。奥の扉から背の高い男が出てきた。見覚えのある顔だ。編集長の宇佐美だとわかった。

間近で見ると、思っていたより顔が濃い。そして肌が極端に黒い。それなのに光沢のある黒いシャツに黒いネクタイを合わせていて、ベルトのバックルはやたらでかかった。ジャケットの奥襟はワニ革だ。

ファッション誌の編集長だからありなのかもしれないが、街を歩いていたら絶対浮く。特に女子受けは悪そうだ。

「あぁ、これはこれは――。原田編集長、わざわざご足労いただいてすいません」

宇佐美はジャケットのボタンを締め、頭を下げた。外見とは反対に腰が低かった。

「彼が宇佐美君だ」

「はじめまして。黒木さやかと申します」さやかが挨拶をしても、宇佐美は一切こちらに目を向けず、「原田さんゴルフ行ってます?」と素振りをして、「久しぶりに銀座でもどうですか」と手を傾けた。

原田が帰ったあと、宇佐美は何も言わず応接室に入り、黒い革張りのソファーにふんぞるように座った。持っていたファイルをテーブルに放る。

「あのさ、お前、一つ聞いていい?」

「はい」さやかは背筋を伸ばした。

「お前、なんでマーク・ジェイコブスに猿の人形つけてんだ?」

「はい?」声がうわずった。

「いや、だから、お前が右手に持ってるマーク・ジェイコブスのトートだよ。四年前の秋冬の」

さっきまで原田に見せていた笑顔は消え、宇佐美はなぜかバッグにつけた猿の人形を見て怒っている。

「なんでつけてるかと言われても……」

言葉を濁すことしかできなかった。「インド旅行で買って、なんとなくつけた」とは決して言える雰囲気じゃないからだ。

「お前さ、ニューヨーク育ちのマーク・ジェイコブスが、ルイ・ヴィトンで十六年間デザイナーやってたことが、ファッション界にどれほど大きな影響を与えたかわかってつけてんのか」

「え、いや、ちょっと……」

「これだから週刊誌のやつは……」宇佐美は舌打ち混じりに言った。「ｒｉｚの人間になるんだったら自覚を持て。いいな」

「はい、わかりました」さやかは納得のいかないまま返事をした。

でも、内心ほっとしていた。仕事に復帰できただけでなく、新しい職場への配属で婚約破棄になった噂が広まらずにすむ。

さやかが息をつくと、宇佐美は身を乗り出し、咳払いをした。

「俺が復職できるように手配してやってもいいが、一つだけ条件がある」

「なんですか条件って？」

「半年以内に結婚しろ」

は？　さやかは絶句した。

「いや、だから結婚。できなかったらクビだから」宇佐美はそれが何事でもないかのように言う。

「あのう、おっしゃってる意味がよくわからないのですが……」

「結婚の特集をするとr・izは売れるんだよ。だから来月から婚活をテーマにした連載をやる。お前は体当たりで婚活して、それを記事にしてくれ」

この人は「これコピーしといて」と同じ口調で無茶苦茶なことを言っている。

唖然とするさやかをよそに、宇佐美が聞いてきた。

「婚活って言ったら、お前は何を思いつく？」

「えっ、婚活ですか……。えっと、すぐに思いつくのは婚活パーティーですかね」

「お前は、そんなパーティーに行きたいか？」

「いや、そういうのはちょっと……」

以前ライターの知り合いに誘われたことがあるが、なんとなく抵抗があって行かなかった。

「そうだろ」宇佐美がうなずく。「r・izでも、婚活パーティーとか婚活サイトとか、他の婚活ビジネスをリサーチしたんだ。そしたら結婚に困るような男しかいないとか、自分が必死になってるみたいでいやだとか、心理的なハードルが高いわけ」

「はあ……」

「つまりな、ほとんどのやつが普通に出会って恋愛して結婚したいって思ってんだ。でも現実はそう簡単にはいかないから、みんな悩んでる。だからお前は本当の婚活とは何か、実際に体験して読者に伝えるんだ」

「ちょっと待ってください。どうしてわたしなんですか？」

「逆にお前しかいないだろ。三十で男に結婚を迫って、寿退社した翌日に出戻りするんだから」

急に顔が熱くなった。婚約破棄されたことが宇佐美に伝わっているとは思ってなかった。しかもふられたって決めつけてるし。実際、ふられたけど……。というか、まだ三十じゃない。二十九歳だ。とにかくデリカシーがなさすぎる。

「仕事のために結婚するなんて、絶対いやです」

「どうしてもいやか？」

「はい、いやです」

「あっ、そう。じゃあいいや」

宇佐美はそう言うと席を立ち、「三十路で再就職は厳しいだろうなあ」と口にしながら、会議室のドアノブに手をかけた。

そうだ、わたし無職なんだ。忘れてた——。

「ちょっ、ちょっと待ってください。編集長」

さやかは慌てて立ちあがり宇佐美を呼びとめた。

「わたし週刊エッジでB級ミシュランっていうグルメコーナーやってて、評判よかったんです。だからr：izでもグルメ記事をやらせてもらえませんか」

振り返った宇佐美はさやかをにらみつけた。

「お前みたいなB級女にr：izのグルメ記事が務まるか！」

「び、B級女って……」

初対面でそんなこと言うか、普通。いくら編集長だからって言っていいことと悪いことがある。

「いくらなんでも失礼じゃないですか」つい大きい声を出してしまう。

「本当のことを言ったまでだ」

「わたしの何を知ってるっていうんですか」

宇佐美は口の端だけで笑ってから、ソファーに腰を下ろし足を組んだ。素足に革靴を履いていて、足首には細いチェーンが見える。

「なぜ、お前が男に捨てられたか教えてやろうか」

どうして初対面の上司からそんなことを教えてもらわなきゃいけないんだ。さやかは返事をしなかった。

「特別に教えてやろう……」宇佐美は目に力を入れ、不自然な二重瞼をつくる。「それはな、お前が安いからだ」

「どういう意味ですか、それ」さやかは思わず身を乗り出した。

「安いというのは、市場価値が相対的に低いということだ」

「市場価値？」

「そうだ。市場価値だ。例えばお前がバッグを買いに行ったとするだろう。ユニクロのバッグが百万円で売ってたら買うか？」

「絶対買いません」

「そうだよな。エルメスのバーキンが百万円だったら買うやつがいるかもしれないが、ユニクロのバッグが百万円だったら誰も買わない。百万円とバッグの価値が釣り合ってないからだ」

「それはわかりますけど、その話とわたしがどう関係するんですか」

「バッグと同じように、男も無意識のうちに女の価値を計算してるんだ」

宇佐美はまくしたてるように話し始めた。

「男はな、いい女なら金も労力も惜しまない。プレゼントが欲しいと言われればプレゼントをするし、迎えに来いと言われれば迎えに行く。逆にどうでもいい女には何も提供しない。お前の男は、お前に結婚という代償を払う価値がないと判断したんだ。要するにお前はユニクロってことだ。ユニクロキだ」

背もたれに仰《の》け反り、応接室に大きな笑い声を響かせた。

なんなのユニクロキって。そんなにユニクロ着てないし。怒りがこみ上げてくる。

「さっきからわたしのことをバカにしてますけど、男に困ったことありませんから。B級ミシュランにわたしの写真が載ったときに、読者から可愛いってはがきも来たことあるんです」

さやかは強い口調で言い返した。

宇佐美はそれには何も答えず、テーブルの上に置いてあったファイルから履歴書を取り出し、入社したときの顔写真とさやかを見比べた。

「お前太ったな」

はっ——。

何か言われたら言い返そうと思っていたが、そのひとことで口が止まってしまった。

七年間B級ミシュランを担当したせいで、ラーメンとか揚げ物とか食べなきゃいけなくて、体重が六キロ増えたのだ。最近は体のラインが隠れるワンピースを着ることが多くなった。

「これは七年前の写真か」宇佐美がつぶやく。

ふと去年の忘年会のことを思い出した。流行りのアイドルグループの曲を、女子社員が振り付きで歌うのが毎年恒例だったが、去年から誘われなくなった。誘われたときは「えー、わたし？」といやがっていたが、内心楽しみにしていた。

チャゲに告白されたのも三年前のことで、それ以来誰にも告白されたことがない。履歴書の隅にいる七年前の自分に「もう、若くないんだよ」と言われた気がした。もしかしたら、結婚どころか彼氏すらできないかもしれない。急に不安が襲ってきた。

「逆に言えば、お前がエルメスくらい価値を高めれば、男なんて余裕ってことだ」

「そんなこと言ったって、今から価値を高めるなんて難しいんじゃ……」つい弱々しい声を出してしまう。

「簡単だ」

そうは思えなかった。これからもっと体が衰えていくというのに、二十九歳の今から女としての価値を上げるなんて簡単なことではない。

「お前はバーキンがなぜ百万円で売れるかわかるか？」

「それは高級な革を使ってたり、職人さんが手作業でつくってたりするからじゃないですか」

「もちろんそれもある。でもバーキンと同じ素材で同じ人間がつくったとしても、エルメスじゃなかったら百万じゃあ売れないだろ」

「まあ、そうですけど……」

「エルメスはな、セールをしないし、全て自社生産をしてアウトレット品を出さない。予約してから一年待つほど生産量を制限する。バッグに価値を持たせるために、ショーウィンドウの見せ方からアフターサポートまであらゆる企業努力をしてるんだ」

たしかに言われてみれば、バーキンが大量生産されていて、いつでも買えたら百万円で買おうとは到底思えない。

「要するにな、同じものでも売り方しだいで一万にも百万にもなるんだ。だから、女としての価値なんて売り方しだいでいくらでも上がる」宇佐美は勝ち誇ったような顔で言った。

でも、素足に革靴を履いた四十男の話を聞いて、はい頑張ります、となるわけがない。だいたい、恋愛の話なのになんでブランドとかマーケティングの話を持ち出すんだ。

それから宇佐美はエルメスと、自分の着ているジャケットと、それを着ている自分がいかにセンスがいいか語り続けた。

二日酔いとは別の頭痛がしてくる。

「あのう」気持ちよさそうに話している宇佐美をさやかは遮った。

宇佐美が舌打ちする。「なんだ?」

「やっぱりわたしにはこの企画できません」

「どうして」

「……まだ彼のことが忘れられないんです」

正直に言うことにした。企画自体に無理があるが、今の自分が新しい男を見つけて、それを記事にするなんてもっと無理がある。

「じゃあ、そいつと復縁して結婚すればいい」

「それができないからこんなことになってるんでしょう」と言いたかったが、一応編集長なので「それは難しいと思います」と言葉を変えた。

「俺の言ったとおりやれば余裕だ」

「どうしてそんなこと言い切れるんですか?」

「日本で一番恋愛に詳しいのは俺だからだ」

「はい?」何言ってんの、この人。つい顔をしかめてしまう。

「いいか、ｒｉｚの結婚特集はな、今まで九回やって全て完売してんだ。なぜだかわかるか？　毎回、読者の悩みを聞いて、男にアンケートとって、俺が完璧な分析をしたから、売れるべくして売れたんだ。つまりな、ここには客観的なデータに基づいた日本最高の戦略があるんだ。もし俺の言ったとおりやって結婚できなかったら、アパートの二階で孤独死すると思っていい」

孤独死って――。自信たっぷりに言い切るので、言葉を返すのも面倒になった。

「とりあえず二週間、そいつの電話もメールも無視しておけ。お前のために完璧な戦略を考えといてやるから」

やりたくなかった。「連絡を無視する」というのは、いかにも雑誌の恋愛特集に書いてありそうなことだ。マニュアルに従って行動なんてしたくない。だいたい恋愛のことなのに「戦略」とか言ってしまうあたりが、なんかさむい。

「俺の言うとおりやらなかったらクビだからな」

宇佐美はそう言ってソファーから立ち上がると、「暑いな」という仕草でネクタイを緩め、不自然に裏返した。

ＨＥＲＭÈＳの文字が見えた。

2

「さやか」

編集部を出るとき、少し酒焼けした声に呼び止められた。

同期入社の三浦多香子だ。ゆるめのニットにロングネックレスをあわせている。パンツは腕も通らないんじゃないかと思うほどスキニーで、ベルトの太いメンズの腕時計をしていた。派手な顔は相変わらずだったが、ファンデーションが少し濃くなった気がする。

「久しぶり。元気だった？」多香子はさやかの腕に触れて言った。「聞いたよ。大変だったらしいじゃん」

「うん、まあね……」

久しく会っていなかった同期に、婚約破棄になった話をどこまでしていいかわからず、あいまいに答えた。

「ねえ、今日空いてる？　さやかの歓迎会しよう。話聞いてあげるから。ね、行こ行こ」

まだ昨日の酒が残っていて、頭が痛い。だから今日はアルコールを抜きたかった。でも多香子はストールを巻き、すっかり帰り仕度を済ませている。仕方ないので一時間だけという約束で駅前のバーに入った。

雑居ビルの地下にある「クリフ」というバーは多香子の行きつけで、いつも一人で飲んでいるらしい。

カウンターのスツールに座るのと同時に、多香子は赤ワインをボトルで注文した。とにかく酒が強い子で、みなで飲みに行くと男たちが先に潰れるのが、いつものパターンだった。ただ、よく遊んだのは入社したころで、男性週刊誌とファッション誌という文化も生活リズムも違う編集部で働くうちに、なんとなく疎遠になっていた。

「乾杯。今日から仲間ね」多香子がグラスを持ち上げた。

仲間というのは、仕事仲間という意味か、それとも同じ独身の三十女という意味か――。まあいいか。グラスの中で揺れる赤い液体を見たら考えるのが面倒になってきた。とりあえず飲もうかな。

「うちの編集長、変わってるでしょ」

「うん。まさかあんな人だと思わなかった」

多香子が笑う。「最初はみんなびっくりする。でもさやかもすぐ慣れるよ」

「そうかなあ……、まったく自信ないんだけど」宇佐美に言い渡された婚活企画のことを思い出し、肩を落とした。

「あーあ、編集長、わたしの企画のこと考え直してくれないかな」

「うーん」多香子が首を捻る。「頑固だからね、ボスは」

たしかに宇佐美は頑固そうだ。それも極端に。

「ボスってずっと女性誌やってきて結果出してきた人でしょ。だから自分の考えを曲げないのよ。そうそう、この前もトートバッグを付録につけるような話があったんだけど、そんなものに頼らなくてもやっていけるって断ったの」

きっと婚活企画から逃れることはできないのだろう。わかってはいたけれど、改めて人の口から聞かされると、ため息が漏れる。

「大丈夫だって」多香子はさやかのグラスにワインを注ぎ足した。「うちのボス、ああ見えていろいろ考えてるから」

「ふうん……」

「うまく広告を増やして、このご時世に赤字出さずにやってるんだから、実力はあるんだと思う」

編集長としての実力があっても、人の恋愛を成就させる能力とは別だ。だいたい宇佐美はモテるのか。

「結婚はしてるのかな?」気になっていることを聞いた。

「してない。プライド高いし、潔癖だし、典型的な結婚できない男」

やっぱりそうか。それは思ったとおりだ。それにしても結婚できない男から結婚する方法を教わるって、いったいわたしはどうなってしまうのか。

「付き合っている人もいないんじゃない。本人はモテるって言うけど、すごく変わり者だから。顔はいいんだけどね」

「わかる」さやかはわざと大げさにうなずいた。あの性格じゃどんなに顔がよくても付き合えない。

「顔の無駄遣いだよ、あれは」多香子がぼそりと言った。

宇佐美の顔を思い出したら吹き出した。たしかに顔を無駄遣いしている。

この四年間、仕事に追われて自由な時間がなかった。休日も和也を優先して過ごしたので、女友達とは遠ざかっていた。そのせいか、多香子の明け透けな話を聞いて、大口を開けて無防備に笑っていたら、女友達と過ごすのも悪くないかな、そう思えてきた。

ワインが進み、視界が揺れ始める。

多香子だったら婚約破棄されたことを話してもいいような気がしてきた。むしろ聞いてほしくなった。

「それで聞いてよ。前に話した元カレいるでしょ。そいつに二十歳《ハタチ》の女がいてさ……」

それなのに手酌でワインを注ぐ多香子は、男の話を続けて話す隙を与えてくれない。気をつかっているのか、励まそうとしているのか、饒舌で、婚約破棄のことには触れようとしなかった。

「それから、わたしを誘ってくるのは既婚者ばっか……」

多香子は最近、三年付き合っていた彼氏から、「お前は一人でも生きていけるけど、あいつは俺がいないとだめなんだ」と別れを告げられ、既婚者にしか誘われなくなったらしい。それを聞いて、多香子は男から見ると隙がないと、同期の男が言っていたのを思い出した。

この子変わったな。いつもファッションが完璧で、ｒｉｚに入りたくて大手の内定を蹴るような子だったから、昔は少し近寄りがたかった。でも、今は妙に親近感がある。

赤ワインのボトルをほとんど一人で空けた多香子は、一時間だけと約束したのに、二本目を注文する。

赤いエナメルのミュールをつま先だけで履き、ヒールをぷらぷらさせて、バーテンに「男を紹介しろ」と絡んでいた。

女から見ると隙だらけだ。

ただ、自分と似た境遇の三十女を見つけて少し安心してしまった。

＊

ｒｉｚの発売日は月に二回、五日と二十日だ。十月二十日号から四月五日号までの計十二回のうちに、誰かしらと結婚しなければ、晴れて会社を辞めさせられる。

翌日、ため息をつきながら編集部のドアを開けると、みなからちらちら見られている気がした。隣の席の人にはにやついた顔で挨拶され、多香子には「まあ、頑張ってよ」と肩を叩かれた。

いったいなんなんだ。さやかは訝《いぶか》りながらパソコンの電源を入れて唖然とした。

《【朗報】黒木はみんなの部下》という件名のメールが届いていたのだ。

宛先がrizスタッフ全員の同報メールで、二か月の間、さやかには好きなだけ仕事を振っていい、という主旨だった。差出人はもちろん宇佐美だ。

rizのスタッフは容赦なかった。

ブランドのプレスから借りた服の管理や、掲載店の電話番号のチェックなど地味な仕事を死ぬほど頼まれた。撮影に駆り出されたときはロケ弁の手配までやらされた。モデルたちはヘルシーじゃないとか、可愛くないとか、弁当にやたらうるさい。週刊誌のときはボリュームさえあれば、文句を言う人はいなかった。

おかげで会社に泊まることが増えた。婚活どころか、お風呂に入れない。涙袋が黒ずんできた。

ただ、悪い気のしない自分もいる。週刊誌の読者はほとんどが男性だったが、rizの読者は女性だ。婚活企画にはまだ抵抗があるけど、日本のどこかで同じ悩みを抱えている子が、自分の記事を読むのかと思うと、少しだけ前向きな気持ちになってきた。

肝心の和也からは電話もメールもない。携帯の受信ボックスが、広告のメールで独占された。

一週間くらいたったころ、和也から《ひさしぶり、元気か》という当たり障りのないメールが届いた。電話して声を聞きたくなったが、これも仕事だ、と言い聞かせて我慢した。

その二日後には《式場のキャンセルしておいたから》というメールが届いた。返信したい気持ちをなんとか仕事に逸らした。というより仕事に逸らされた。

校了寸前にもかかわらず、クライアントからクレームが入って、急遽、巻頭ページの差し替えが決まったのだ。その二日後には電話もあったが、校了日でちょうど客先から印刷所に向かっていたので「ごめん、かけ直す」としか言えなかった。

そして二週間たった今日、和也からメールが来た。

《会って話したいことがある。連絡くれないか》

＊

全体ミーティングのあと、会議室に宇佐美を引きとめ、和也から会いたいとメールがあったことを報告した。

「俺の言ったとおりだな」

宇佐美は会議室の窓ガラスに自分を映し、シャツの襟が立っているか確認している。

「じゃあ、そろそろ連絡させていただきます」

さやかはその場で携帯を取り出した。今すぐ和也にメールしたかった。

「待て」宇佐美は振り向き、二重瞼に力を入れた。「会ったときが勝負だ。ここでミスを犯すと取り返しのつかないことになるぞ」

もういいでしょう、そういうのは。連絡来たんだし。早くメールさせてほしい。

「あのう、そろそろ自分のやり方でやらせてもらえませんか」

「だめだ。お前の乏しい経験に頼ると失敗するぞ。愚者は経験に学び、賢者は歴史に学ぶ」

「でも、恋愛って頑張ってするもんじゃないと思うんです」

さやかが言い返すと、宇佐美は大げさにため息をついた。

「やっぱり、お前は一生独身確定だわ」

「は？　なんでわたしが一生独身なんですか」

それはあんたでしょう。宇佐美の言い方につられて、つい語気を強めてしまう。

「お前は男から大切にされたいんだよな？」

「決まってるじゃないですか。そんなの」

「だったら、どうして男の意見を聞かない？　マーケティングの基本は顧客のニーズに耳を傾けることだろ。お前の客は誰だ？　男だろ。だったら男の意見をもっと聞け！」

ここ二週間、宇佐美には面倒な雑用を山ほど言いつけられていた。昨日は配本用の段ボールを八十個くらいつくって、指がささくれだらけになった。頭に血が昇る。

「わたしだって彼のためにいろいろしました。仕事が忙しいっていうから、電車で一時間かけて、家まで行ってあげてたし、いつも部屋の掃除してあげてたし、和也は婦人警官見ると興奮するって言うから、ネットで衣装買ってコスプレだってしたんです」

「それはな、顧客のニーズを満たしてるんじゃなくて、顧客の言いなりになってるんだ」宇佐美が呆れた顔で言う。

さやかは余計なことを言ってしまったことに気づき、顔が熱くなった。

「いいか、男が喜ぶことをするんじゃなくて、男の脳が喜ぶことをするんだ」

「どういうことですか？」

「人間の脳っていうのは、不安になるとな、興奮するんだ」

不安になると脳が興奮する。どういう意味だ？

「つり橋理論って知ってるか?」宇佐美が聞く。

「ああ、それ知ってます。カップルでつり橋に行くと、不安定な場所に立っていることにドキドキしてるのを、恋愛でドキドキしてると錯覚するってやつですよね」昔、雑誌で読んだ知識を話した。

「そうだ。だから次会うときは、そのつり橋理論を応用すればいい」

「じゃあ、彼をつり橋に連れていけばいいってことですか」

「あほか。つり橋で復縁をせまる三十女なんて怖すぎるだろ」

さやかは頬を引きつらせた。

「つり橋理論で大切なことはな、人間は不安な状況じゃないと恋愛感情が生まれないってことだ」

「不安な状況ですか……」

「そうだ。ギャンブルだって自分の金を一瞬で失うかもしれない不安な精神状態だから、脳が興奮してやめられなくなる。恋愛も同じ」

「じゃあどうすればいいですか」さやかは口をすぼめた。

「聞きたいか」

さやかがうなずくと、宇佐美は「特別に教えてやろう。B級女のくせに運だけはA

級だな」と勿体ぶった。

そして宇佐美が口にした「戦略」とは、とんでもないものだった。

和也と会うのを三十分で切り上げたあと、あらかじめ他の男と待ち合わせをしておいて、その様子を和也に見せるというものだった。

「それは絶対にいやです」さやかはきっぱりと言った。

「なぜだ」

「他の男といるところなんて見せたら、嫌われるでしょう」

「たしかに、完全に他の男の所有物に見えたら身を引くかもしれない。でも今お前が買い手を探して、売りに出されている状態だったら、お前の価値は上昇するだろう」

「どうして、そんなことが言えるんですか」

宇佐美は椅子からゆっくり立ち上がり、会議室にある液晶テレビに手をのせた。

「お前、このテレビはいくらだかわかるか?」

「テレビの値段となんの関係があるんですか」

「いいから、答えろ」宇佐美は声を荒らげた。

さやかは面倒だなと思いつつ「十万円くらいですか」と投げやりに答えた。

「まあ、そんなもんだ」

宇佐美は手を払い、ジャケットの襟を正す。

「そして俺の着ているこのドルチェ&ガッバーナのジャケットは十六万だ、お前が着ているカーディガンは七千円くらいだろう」

「え、まあ……、はい」

本当は冬のセールで五千円で買ったものだったので、声が小さくなってしまった。

「じゃあ、お前はいくらだ？」

は、何言ってんの。わたしの値段ってどういうことだ。

「値段はわからないよな。テレビだったら値札がついてるし、ネットで調べることもできる。でも、お前には値札がついてるわけでもないし、ネットに載ってるわけでもない」

さやかは黙ってうなずいた。

「じゃあ、男はどうやってお前の価値を測ると思う？」

「さあ……」首を傾げた。価値の測り方なんて考えたことがなかった。

「いいか、モノには絶対的な価値なんて、そもそも存在しないんだ。人間が相対的に価値を計算してるにすぎない。目の前に宝石を出されて、これは価値の高い宝石です。三十万円ですって言われても、それが高いか安いかなんてわからないよな？」

「まあ、たしかに……」

「でも、世界に三つしかありませんとか、五百年前のものですって言われたら、安いって思うだろ。価値がわからないものはな、物差しの当て方しだいで価値の感じ方が大きく変わるんだ」

「物差しですか……」

「ああ、お前が魅力的な男に誘われていることを知れば、それが判断基準になって、一緒にいるお前も価値が高いと認識される」

いい男と一緒にいたからって、魅力的に見えるなんてことはあるのだろうか。

「ケリーバッグあるだろ、エルメスの。あれの名前の由来知ってるか？」宇佐美はさやかの目の前の椅子に座って聞いた。

「たしか、女優の名前ですよね」

「そうだ。ケリーバッグは最初、『サック・ア・クロア』って名前だった。グレース・ケリーっていうアメリカの女優が、モナコの王と結婚してパパラッチにカメラを向けられたとき、とっさに妊娠したお腹をそのバッグで隠したんだ」

「それでどうなったんですか？」

「その写真が週刊誌の表紙を飾ってバッグが一躍話題になった。それで当時のエルメスの社長がそれに目をつけてな、ケリーって名前を使わせてもらえるよう、モナコ王室にかけあったんだ」

王様と結婚した女優の名前がつくなんて、素敵な話だ。

「ナイキだってマイケル・ジョーダンやタイガー・ウッズに数百億円の契約金を払っていただろ。エルメスもナイキも『誰が持ってるか』が、消費者が価値を測るときの大きな判断基準になっていることを利用してるんだ」

それはわかる。それはわかるんだけど、これは恋愛の話だ。バッグや靴とはわけが違う。他の男と一緒にいるところを見せるなんて、それこそ取り返しのつかないことになる気がする。

「問題は誰を見せるかだな……」

宇佐美は腕を組み、しばらく険しい顔で考え込んだ。

「ちなみに聞くが、お前の元カレはイケてるのか？」

「まあ、はい……。そうだと思います」

イケてるって——。微妙な死語だ。

「だったら競争意欲を煽るような、魅力的なやつのほうがいいだろうな。男は競争をしたがる」

「でも、そんな知り合いはいません」

付き合っているころは和也に一途だったから、男友達はほとんどいなくなっていた。こんなことをお願いできる男なんて、チャゲくらいだが、お世辞にも魅力的とは言えない。

「ケイタに頼んでやろうか?」宇佐美は頭のうしろで手を組みながら言った。

「えっ、ケイタさんですか……」

ケイタは最近ドラマや映画で見かけるモデル出身の俳優だ。もともと宇佐美がスカウトしたらしく、編集部によく顔を出すので、お茶を出すときに顔見知りになった。顔の大きさがさやかと同じくらいで、一般人にはないオーラを持っている。

「そんなこと、やってくれますかね?」

さやかは頬が緩みそうになったのを抑えて聞いた。

「俺から頼めばやってくれるだろ。飯でもおごってやれ」

「まあ、別にいいですけど……」

さやかはまんざらでもない返事をした。

3

駅の改札で和也を待った。

今日はいつもよりアイラインをはっきり入れ、髪のセットにも時間をかけた。付き合っていたころと雰囲気を変えるというのは、宇佐美の指示だ。

なんかドキドキしてきた。和也と久しぶりに会うだけでも緊張するのに、途中で切り上げて、俳優のケイタと待ち合わせするなんて、すごくモテる人みたいだ。

三十分経ったら、知り合いと待ち合わせをしていると言って、席を立つ。今日の作戦をさやかは口の中で何度も繰り返した。

改札から出てくる人ごみの中に和也が見えた。

「わるい……。待った?」

和也は新しいスーツを着ていて、靴はよく磨かれていた。たった二週間のはずなのに、ずいぶん長い間会ってなかったような気がする。

「ううん。全然」さやかは声がうわずりそうになるのを抑えた。

近くのカフェに入り、テーブルを挟んで向かい合う。

「仕事は戻れたのか？」

「うん。人が足りない編集部があって、そこに異動したから大丈夫だった」

ファッション誌に異動して、仕事とプライベートが充実してきたと、近況を少し脚色して話した。これも宇佐美の指示だ。自分と別れて落ち込んでいてほしい、という和也の期待を裏切り、他の男に売れてしまうのでは、と不安にさせるらしい。

そのせいか、和也は結婚の話には触れず、気をつかうように話している。連絡を無視したのも効いているのだろうか、付き合いたてのころのような空気が流れた。

「俺も最近、新しいプロジェクトを任されて、余裕がなくなってきてさ」

和也がコーヒーカップを口に運ぶとき、シャツのボタンがとれかけているのが見えた。とれたボタンは、いつもさやかが縫っていた。もう付けてあげられないかもしれないと思うと、少しせつなくなる。

「なあ、さやか」和也はカップをソーサーに戻した。「麻布にあったあのエスニックの店覚えてる？」

「十番の交差点のところ？」

「そう、そこ。あそこの激辛トムヤムクン。二人で泣きながら食べたな」

初めてのデートで行ったレストランで、あまりの辛さに二人とも涙を流し、お互いを笑った。その日から和也と付き合うことになった思い出の場所だ。

「今から行かない？　予約しといたんだ」

行きたかった。もう少し和也と一緒にいたい。

でも、ケイタとの待ち合わせ時間は迫っている。久しぶりに過ごす和也との時間はあっという間で、三十分なんて時間は短すぎた。

どうしよう。ケイタを待たせるわけにはいかないし、宇佐美には絶対に遅刻をするなと釘をさされている。

そのとき携帯が震えた。宇佐美からの着信だった。

まずい。きっとケイタから宇佐美に連絡がいったんだ。

「ごめん、ちょっとトイレ」

電話に出れなかったので、トイレに行くふりをしてかけ直した。呼出し音はＴＲＦで、宇佐美はなかなか出ない。「イージードゥダンス」と連呼されて、気持ちが急かされる。

結局、宇佐美は出なかった。頭の中で「お前はクビだ」という宇佐美の声がした。

「なんか、顔色悪いみたいだけど、平気か？」

さやかが席に戻ると、和也は心配そうに言った。

「あ、うん、大丈夫……」笑ってみせたが、本当は胸がそわそわしていた。

「で、今日どうする」

「……ごめん。申し訳ないんだけど、今日は帰る」仕方なく言った。

「えっ、どうしたの」

「その、なんていうか、ちょっと予定があって」

「なんだよ、予定って」

「知り合いと待ち合わせしてて……」

和也の顔が冷めていく。しばらく黙ったあと「そうか。じゃあ出ようか」と席を立った。

気まずい空気のまま駅まで並んで歩いた。すでに四十五分が経とうとしている。あたりを見渡したが、ケイタらしい人物は見当たらなかった。怒って帰ってしまったのだろうか。手が汗ばんできた。

「ここで待ち合わせ？」

「あ、うん。そう……」

「わかった、じゃあ、俺行くよ」和也は静かに言って改札のほうに歩いていった。

店の予約までしたのに、他の予定を入れるなんて気を悪くして当然だ。和也の背中を見て急に申し訳なくなった。

きっと、ケイタはもう帰ってしまった。だとしたら、宇佐美の作戦は実行できない。このまま和也と一緒にいてもいいんじゃないか。雑誌の企画のことなんてあとから考えればいい。

「あのさ」気づいたら和也を呼び止めていた。

和也は足を止め、振り向いた。

「わたし、結婚のこと急ぎすぎてたのかもしれない」何を言っていいかわからなくて、思っていたことを口にしていた。

「俺もさやかの気持ちを考えずに怒鳴ったりしてごめん」

胸が熱くなるのを感じた。やっぱりわたしは和也が好きなんだ。変な駆け引きなんてしないで、自分の思いをぶつけたほうがいい。

駅前の喧騒がいつの間にか消えていた。代わりに聞こえてきたのは自分の鼓動だ。

「やっぱり、わたしたちさ……」

そう口にしたときだった。

突然、駅のロータリーに爆音が響く。赤いオープンカーが猛スピードでこっちに向かってきた。横断歩道を歩くサラリーマンが慌ててよける。車は和也の目の前で急ブレーキをかけた。あと数センチでひかれるところだった。

フロントガラスの向こう側にいたのは、

——宇佐美だった。

千鳥格子のジャケットを着て白いスカーフをポケットに差している。宇佐美はサングラスをはずして言った。

「よっ」

額のあたりから指二本を前に振る、古いタイプの「よっ」だった。「早く乗れよ」と、親指で助手席をさす。

なんで宇佐美が来たんだ。ケイタはどうしたの。目の前で起きていることが理解できなくて体が固まった。

「早く乗れぇ!」宇佐美が怒鳴った。体がびくっとする。我に返って、というより圧倒されて、慌てて助手席に乗った。

乗った瞬間、再び爆音をあげ急発進した。体がシートに押し付けられる。口を開けて立ち尽くす和也の姿が視界の隅に残った。

「お前、遅刻だぞ」

「そんなことより、どうして編集長が来たんですか」

風の音に消されないように、助手席から声を張り上げた。

「ケイタだと力不足だと思ってな。俺は完璧主義なんだ」

宇佐美はアクセルを踏み込み、大きな笑い声をあげた。

ケイタはモデルで、あんたは四十過ぎのおっさんだ。いったいどんな価値観してるんだ。一度、頭の中を徹底的に検査したほうがいい。

和也の冷めた顔を思い出す。これで嫌われたかもしれない。トムヤムクンを食べに行ってしまえばよかった。三十分かけてセットした髪がため息と一緒に風に流される。

宇佐美は車線変更のたびに「おい右平気か、右来てるか」と聞いてきた。

どうやら運転が下手らしい。ハンドルを持つ手は教習所で習う十時十分の位置で、バックミラーの自分に見惚れて、二回も前の車に追突しそうになった。

しかもオープンカーだから他の車や歩行者から注目を浴びて恥ずかしい。

*

「どうしたんですか？　この車」

「撮影用のを借りたんだ。前から乗ってみたくてな」

車が風を切る。宇佐美の前髪が浮き、少し後退した生え際があらわになった。

「この車はフェラーリ458と言ってな……」

いったいこの人は何がしたいんだろう。

「おい右見てくれ、右」宇佐美が大声を出す。

さやかは聞こえないふりをして、ただ通り過ぎていく夜の景色を眺めることにした。


宇佐美が何か食べたいというので、目黒通りから一つ入ったところにあるモツ鍋屋に案内した。

さやかが以前取材したことのある店だ。モツ鍋屋らしくない小洒落た雰囲気で、カクテルやワインが充実しているから女性客も多い。そしてなによりも広い駐車場があるからその店にした。それなのに宇佐美は、かっこつけたいのか、助手席に腕を回しバックで駐車をしようとして、何回も切り返した。結局、さやかが車から降りて誘導し、やっと駐車できた。

「なんだ、この店は？」

店に入ると、宇佐美は生え際を隠すように前髪を整え、不服そうに言った。

「この店のモツは新鮮でおいしいんですよ」

宇佐美が舌打ちする。

「もしかしてモツ苦手でした？」

「俺はな、こういうところに来ないんだよ」文句をつけるように店の中を見渡す。

「じゃあ、いつもどういうところに行くんですか」

「まあ、ホテルのラウンジとか、いわゆる三つ星だな」メニューを見て鼻で笑った。

あーあ、ついてないな。本当だったら今ごろ和也とトムヤムクン食べてたのに。どうしてこんなひねくれ者と食事をしなきゃいけないんだ。

「乾杯」

俺かっこいいだろ、とでも言いたそうな顔で、宇佐美はペリエをビンから直接飲んだ。ビールのCMのように息をつく。やりたいようにやったせいか、機嫌がよさそうだった。

「お前に次の戦略を教えてやろう」

「なんですか、次は？」ビールのジョッキを傾けながら、さやかはぞんざいに聞いた。

「次にお前がやるべきことは、安売りしないことだ。高めた価値が下がってしまうからな」

　さやかは相槌だけ打った。

「自分のものだと思っていたものが、他の男のものになりかけている。お前の男は自分のプライドを満たすためにも、お前を取り返したいと思うだろう」

　本当にそうなるのだろうか。別れてすぐ他の男とデートする女だと思われて、嫌われてしまったかもしれない。

「お前を自分のものだと認識するために、あいつは必ず体を求めてくる。でもな、人間ていうのは苦労して手に入れたものほど大切にするし、楽に手に入れたものは大切にしない。大切にされたかったら体を許すなよ」

「わかってますよ。そんなこと」

　ジョッキが空になった。酔いがまわってきたが、飲みたい気分だったので、もう一杯注文した。

「お前、本当にわかってんのか」宇佐美が舌打ちする。

「わかってますって」

「適当に考えてると、イヴ・サンローランと同じ苦労をすることになるぞ」

「なんですか？　イヴ・サンローランと同じ苦労って」

宇佐美は「来たな」という顔をした。ペリエを口に含んでから、うれしそうに話し始める。

「第二次世界大戦で被害を受けたパリに、救世主のごとく現れたのがクリスチャン・ディオールだ。フランスにとってファッションは重要な産業だから、国中の期待が集まった。日本でいう、本田宗一郎や松下幸之助みたいなもんだ」

「それがイヴ・サンローランとどう関係するんですか」さやかはお通しの焼いたそら豆をつまんだ。

「そのディオールが急死してな。フランスが落胆ムードに包まれる中、後継者としてデザイナーに選ばれたのが、二十一歳のイヴ・サンローランだったんだ」

「えっ、二十一歳でですか？」

驚いた。自分が二十一のときなんて、就職することと、海外旅行に行くことくらいしか考えてなかった。

「それで、うまくいったんですか？」

「ああ、コレクションの翌日の新聞に《イヴ・サンローランがフランスを救った》って見出しが出るほどだ」

「天才なんですね」

宇佐美はうなずく。

「実際、デザイナー、イヴ・サンローランは百年に一人の天才と呼ばれた。だがな、自分の名前で立ち上げたブランド自体は、今の地位を築くのに相当な苦労をした」

「え、それだけ実力があるのに？」

百年に一人のデザイナーだったら、あっさり大成功してもいいんじゃないの。

「ライセンス契約を乱発して、ブランド価値が低下したことが原因だと、俺は思っている」

「なんですか？　そのライセンス契約って」

「ヴィトンやエルメスはな、高い品質を維持するために、自前で育てた職人が自社の工房でつくったものを、直営店で販売している。でも、それには膨大なコストがかかる。逆に、サンローランはブランドの名前だけ貸して、生産や流通を他の企業に任せたんだ。そうすれば寝ててもカネが入ってくるようになるだろ。それがライセンス契約だ」

たしかにそっちのほうが簡単にお金を稼げそうだ。

「でもな、ライセンス契約はブランドの命取りになりかねない」

「どうしてですか」

「ブランドの名前を借りたほうはな、ライセンス料を払ってるわけだから、できるだけ儲けたいよな。だから名前を使えるだけ使おうと考える。そしたら、どうなると思う?」

「たくさん商品をつくります」

「そうだ。だから大量生産されたタオルやスリッパに、ブランドのロゴを入れて売ってしまったんだ。当然ブランド価値は落ちる」

小さいころに、イヴ・サンローランのロゴが入ったタオルを見た気がする。言われてみれば実家のタオルと同じロゴが入ったブランドのバッグを、数十万払って持ちたいとは思わないかもしれない。

「目先の利益にとらわれて、大切なものを安売りしてしまうと、価値を下げることになる。タオルのように扱われるか、一生モノのように扱われるかはお前しだいってことだ」

満足そうな顔で宇佐美がペリエのビンを空けた。

しばらくして、注文したモツ鍋が煮立った。食欲をそそる匂いが立ち込める。

「編集長も食べますか? おいしいですよ」

さやかが一応勧めると、宇佐美は「いらねえよ」とあからさまにいやな顔をした。

でも、喉元が少し動いたのがわかった。

「じゃあ、一人でいただきます」

鍋からモツをよそって食べた。白みそを使った京風のやさしい味付けが口の中に広がる。

「あー、おいしい」わざとらしく言った。

宇佐美はそれを横目で見ながら「お前はどんな服よりもモツ鍋が似合う」とか「お前は完璧なモツ鍋体型だな」とか嫌味を言っていたが、しばらくして「一口だけ食べてやろうか」と言い出した。

「こういうところで食べないいんじゃないいんですか？」

「まあな、でも庶民の食事を経験しておくのも編集長としての社会勉強だ。編集者にもっとも必要とされるのは経験だからな」

まったく、子供のような言い訳だ。しかたなく、さやかは宇佐美のお椀にスープとモツをよそった。

それを受け取った宇佐美は猫舌なのか、ふうふうと息を吹きかけ、冷めたのを確認して口に運んだ。いやがっていたわりにはあっという間に平らげた。本当はおいしいのだ。

「どうですか味は？」

「まあまあだな」

「まだ食べますか？」

宇佐美は目を合わせずに空になったお椀を突き出した。自分でやってください、と言おうとしたが、一応上司なので受け取った。

「もう肉ないのか？」宇佐美が鍋の中を見て顔をしかめた。

「それで最後です」

「お前、もうそんなに食ったの？」

「編集長が食べないって言ったんじゃないですか」

さやかが言い返すと、宇佐美は箸の先端をこっちに向けた。

「お前、肉ばっか食うから太るんだよ。やせる気ないだろ」

舌打ちして「このモッ女」とつぶやいた。

「あっ、すいませーん。編集長ー」

さやかは高い声で言って、モツ鍋のスープを宇佐美の手に垂らした。

4

宇佐美は家まで送ると言ったが、少し離れた大通りで降ろしてもらった。あの運転で細い道に入らせるのは危険だ。

それに少し歩きたかった。体型を指摘されたからだ。それにしても、どうして宇佐美はあんなに失礼なんだ。思い出しただけで腹が立つ。いつかダイエットをして見返してやろう。

コンビニで特保の緑茶を買い、寝静まった住宅街を歩いていると電話が鳴った。福岡の母からだった。そういえば婚約破棄のことを伝えてなかった。気が重くなる。

「さやか、連絡来んかったけど、あんたもうすぐ結婚するっちゃないと。準備はできとうと？」

「それがね。ちょっと遅らせることになった……」

結婚が決まったとき一番に喜んでくれたのは母だった。心配をかけたくなかったので、つい嘘を言ってしまう。

「どうしたと……」母は心配そうな声を出した。

「ほら、お互い仕事が立て込んどる時期やけん、落ち着いてからにしたほうがいいってことになって」

「仕事なんて後回しでいいのに……。遅らせるってどれくらいなん？」

「半年くらいだと思う」

「そう……」

両親が離婚したのは、大学を卒業したころだ。母はあまり多くを語ろうとしなかったが、父が他に女をつくって出ていったのは知っていた。それを気にしているのか、母は冗談でも結婚しろとは言わなかった。

ただ、和也を家に連れて帰ったときは、普段化粧っ気のない母がチークを入れ、新しいブラウスで出迎えた。そのはしゃぎようを見て、母の気持ちを初めて知った。

「お母さん、心配せんでいいけん。結婚せんわけやないし」

「うん……。まあ、そうやね。決まったら連絡しいよ」

「また、近いうち彼を連れて帰るから。そんときは手料理ごちそうして。彼、いまだにお母さんがつくった筑前煮食べたいって言うんよ」

喜ばせたくて、また嘘をついてしまう。

電話を切ってため息をついた。マンションのエントランスでオートロックに鍵を挿すと、窓ガラスに人影が見えた。

「さやか」

うしろから声がして、体が強張った。振り向くと、和也が立っていた。

「誰だよ、あいつ」

和也は静かに聞いた。怒りを抑えているような口調だった。

「新しい上司だって。部署が変わったって話したでしょう」

「こんな時間まで、上司とどこへ行ってた？」

「ご飯食べてただけ」

「付き合ってるのか？」

「付き合ってるわけないでしょ」

「そうか。わかった」和也は冷たく言った。「今日は二人のことを話そうと思ってた。でも、さやかがそんなんだったら、もういいよ」

小さく息をついたあと、「じゃあ、これで最後になると思うけど」と背中を見せ、出口に向かっていく。

これが和也のやり口なのはわかっていた。さらっと別れを切り出し、不安にさせるのだ。

これでいい。今は距離を置いて、冷静になって話し合えばいい。

でも、本当に行ってしまうってことはないだろうか。今を逃したらもう会えないかもしれない。胸が騒ぎ出す。

「和也」

気づいたら呼び止めていた。和也の足が止まる。

和也が振り向いた。まっすぐこっちへ向かって来る。後頭部を鷲掴みにされ、強引に胸に押し付けられた。

離れようとしたが、思った以上に力が強くて身動きがとれなかった。スーツの生地が頬に擦れる。汗が混じった和也の匂いを久しぶりに嗅いだ。

「こんなところでやめて。誰か来るから」

一瞬、和也は力を緩めたが、今度は顔を近づけ唇を合わせようとする。咄嗟によけたが、和也はそのまま首筋に舌を這わせた。

空調の効いていないエントランスで、白熱灯が身体を照りつけた。全身から汗が噴き出す。

「だめだって……」

本当はこのまま胸に身を委ねたかった。理屈ではなく和也が好きだ。でも、慎重にならないと大切にされない、宇佐美の言葉が頭を過り、体をよじってなんとか離れた。

荒い息づかいのまま、しばらく見つめ合った。

顔を紅潮させた和也が近づいてくる。そこから離れればいいのに、足が動かない。和也の汗ばんだ手で髪ごと頭を押さえつけられた。

「やめ……」和也の唇が口を塞ぐ。力任せに動かす舌が意思を消していった。いつもの和也とはほど遠い、性急なキスだ。

全身の力が抜け、手からコンビニの袋が落ちた。

＊

「もう少し寝ていけば」

さやかは手を掴もうとしたが、和也はそれを逃れた。

その日以来、《今日泊まりに行っていい？》とメールが来て、遅い時間に部屋で会う。そんな会い方を三回した。和也は体を求め、満たされると毛布を払い帰っていく。

「わたしたちってどんな関係なの？」

ある日、シャツのボタンを締める和也にうしろから聞いた。

「お互い忙しいし、しばらく今の関係のままがいいんじゃない」

和也は冷蔵庫から缶ビールを取り出し、音をたててプルタブを開ける。二人で使うことを想定して買った大きめの冷蔵庫だ。

四年も付き合っていたし、お互い感情的になってけんか別れをした。だから、きっと仲直りできるはず。そう考えて心のバランスを保っていた。でも、もう元には戻れないかもしれないと思うと、なかなか眠りにつけない。

ベッドの上で目を閉じていると、和也に抱かれていたときのことを思い出してしまう。している最中、つい「わたしのこと好き？」と聞いてしまった。それがなんの意味もないのはわかっていた。だけど、それでもいいから確実なものが欲しかった。でも、和也は喘ぎ声に混ぜて「ああ」と答えただけだった。涙がこめかみを伝った。


翌日、和也のことを相談するため、多香子をランチに誘った。いつも行くインドカレー店のテーブル席で向かい合った。この店はランチタイムが三時までだから、時間が不規則な編集の仕事には重宝していた。

「わたしだったら、もう会わないけど」多香子はちぎっていたナンを置いた。「だって一度そうなったら、もう元には戻れないでしょう。一緒にいてもいいことないし」

心を奪われた相手と関係を切るなんて簡単なことではない。当事者じゃないから言えることだと思った。

「とにかく、今は距離を置こうよ。他に男なんていっぱいいるしさ。そうだ、今週末どっか遊びに行こう。好きな人でもできれば変わるって」

「やめとく。今はそんな気分じゃない」さやかはフォークでカレーをつついた。

「家で考え込んでたって、何も変わらないよ」

「わかってる。でも、今は他のことは考えられないから」

「だったら、さやかが失敗だって気づくまで、今の関係を続けるしかないと思う」

「そんな言い方しなくてもいいじゃない」つい感情的に言ってしまう。

多香子が困惑した表情を浮かべた。

「ごめん……、言いすぎた」

わたしのために言ってくれてるのに、何を言ってるんだろう。最近、ずっと情緒不安定だ。自分がいやな女になってしまった気がする。

それから二人とも次の言葉が出なかった。食欲もなくて、大好きなマトンカレーのセットを半分残してしまう。サリーを着たインド人の店員が笑顔で食器を下げた。それを申し訳なく思った。

「ボスには話したの？」

多香子が運ばれて来たチャイに口をつけて言った。さやかは首を横に振る。

「話してみなよ。解決するかもしれないし」

「編集長か……」

「いつもはあんな感じだけど、本当に困ったときは力になってくれるから」

言われたことを守れなかったのだから、報告しなければいけないのだろう。

でも、いくら仕事とはいえ、そんなことなんて言っていいかわからないし、男の宇佐美に気持ちが伝わるとも思えなかった。言ったところで、俺の言うとおりにやらないからだめなんだとか、戦略がどうのこうのと言い出すに決まっている。

結局、なんの答えも見つからないままランチが終わってしまった。オフィスに戻る途中、髪を揺らし、笑いながら歩くＯＬたちがうらやましく思えた。

＊

さやかは金曜の夜を会社のデスクで迎えていた。いけないとは思いつつもつい和也のことを考えてしまい、ここ最近仕事が手につかなかった。

時計に目をやると、十一時を回ろうとしている。もうオフィスには多香子と宇佐美しかいない。

付き合っているころだったら、いつもの待ち合わせ場所で、人ごみの中から和也を探している時間だ。深夜営業しているスーパーで食材やワインを買いこんだあと、ビニール袋を半分ずつ持って和也の部屋に行く。それが二人の週末の迎え方だった。

さやかは頬杖をつき携帯を眺めた。いくら画面を見ても和也からの連絡はなかった。

「お先に失礼しまーす」多香子が目くばせしながらオフィスを出た。

しばらくして多香子からメールが届く。

《ボスに話しといたからね。早く解決するんだよ》

えっ、話しといたって、なんて言ったんだ。「あの子やっちゃったみたいです」とでも言ったのか。

さやかが考えを巡らせているうちに《あ、それから》と、再び多香子からメールがくる。

《いつものバーで飲んでるから、何かあったらおいで》

多香子が気をつかってくれている。目の奥がじんとした。

「黒木、ちょっと来い」

多香子がいなくなったところで、応接室に呼び出された。

「まあ飲め」

テーブルにはエスプレッソカップがぽつんと置いてあり、黒い液面に蛍光灯の白い光が揺れていた。窓際に立つ宇佐美は、カップの小さい取っ手に指を入れ、窓の外を眺めている。

「終わったことはしょうがない。そいつと別れて、また一からやり直せばいい。自分の価値を上げて、他の男と出会うための行動をすれば……」

いつものように戦略とやらを語り出した。他にも男はいるとか、もっと価値を上げればいい男に出会えるとか、そういう話だ。苛立ちが募《つの》る。

「もういいです。そういうの」

さやかは宇佐美を遮り、カップをソーサーに戻した。カチャと音がする。

「わたし彼のことが好きなんです。だから関係を切ることなんてできません。別れるくらいだったら今のままでいいんです。好きになった相手が自分のことを好きじゃなかったら、ボロボロになるまで振り回されるのが恋愛だと思います。だからどんなテクニックを教えてもらっても意味がないんです」

気づいたら言葉を吐き出していた。

「それに、自分の価値を上げるなんて無理です。わたしもうすぐ三十だし、太ったし
……」

宇佐美は窓の外に視線を向けたままつぶやいた。

「……まあな」

こういうときは、そんなことない、なんとかなる。って励ますもんじゃないのか。

やっぱり相談する相手を間違えた。

沈黙が流れ、空調の音が耳につく。

やっぱりここにいても何も解決しない。人が人を好きになるのに、戦略とか法則にあてはめて、うまくやろうとしていたことがそもそも間違っていたのだ。

「もういいですか」

さやかが席を立とうとすると、宇佐美が口を開いた。

「お前はルイ・ヴィトンが日本で初めて出した広告がどんなのか知ってるか」

は？　だからなんで今その話なのよ。さやかは何も答えなかった。

「それはな、『ルイ・ヴィトンはネクタイをつくっていません』という新聞広告だ。

ルイ・ヴィトンが日本に進出すると同時に、偽物を売る業者が出始めた。だから、買ってくださいっていう広告じゃなくて、偽物に気をつけてくださいって注意喚起の広告を出したんだ。何年経っても価値が変わらないことを保証するために、価値を下げる要因は徹底的に排除する。それがルイ・ヴィトンだ」

さやかは黙っていた。宇佐美はカップに口につけてから、静かに続ける。

「それに百六十年を超えるルイ・ヴィトンの歴史の中で、一度もセールをしたことがない。セールをしないっていうのは服を捨てるってことだからな」

「えっ?」

「古いシーズンの服をとっておいても在庫コストがかかるだろ。だからどのブランドも売れ残ったら値段を下げて売る。でもヴィトンは価値を下げないために、売れなかった服はおそらく処分している」

ヴィトンだったらセールで安く売ったって相当な利益になるはず。売ってしまって儲けようとは思わないのだろうか。

宇佐美は椅子に座り、コーヒーに砂糖とミルクを加えた。きっとブラックが飲めないんだ。

「昔な、ルイ・ヴィトンのブランドムックみたいな本が出版されて、表紙のLとVのロゴが規定より少しだけ大きく印刷されたことがあった。まだブランド文化が日本に定着していなかったころだ」

「それでどうなったんですか、その本は？」つい聞いてしまう。

「ルイ・ヴィトンの社長が出版社に言って、雑誌を絶版にさせた。今では、その雑誌にはプレミアがついている」

自分がその雑誌の担当者だったら、と想像するだけでぞっとする。

「LVのロゴは、何があっても規定をはずれることが許されない。もうビジネスとかマーケティングの域を超えてるだろ」

「どうしてそこまでできるんですか？」

さやかは理解できなかった。顧客のためになっているのか、なっていないのかわからないようなポリシーを赤字になっても貫き、それを末端の社員までが実践している会社が。

「自分らのブランドや商品を愛してるからだ。決して商売の道具なんて思ってない。自分の命のように愛してるからこそ、損をしてでも嫌われてでも、ブランドを守ろうとする。俺はそう思う」

コーヒーがまだ苦いのか、宇佐美は再び砂糖とミルクを加えながら言った。

「お前は自分が好きか？」

さやかは顔を上げた。

「いかなるときも、自分だけには愛を注がなければならない」

宇佐美は再び席を立ち、表情を隠すように窓の外に顔を向けた。

「自分を愛するっていうのは、自分を甘やかすことじゃないからな」

「どういう意味ですか……」

「自分を愛すれば、時間を無駄にすることはないし、自分を磨くことができる。自分を傷つけることもなければ、自分の体を大切にする。お前が体だけの関係を続けているのは、自分への愛が足りないからだ」

窓に映る宇佐美の横顔を眺めた。いつものような威圧感がなく、穏やかな表情に見えた。

「バッグは代わりがいくらでもあるが、お前の体はこの世にたった一つしかない。お前自身が愛を注いでやらないでどうする」

熱いものがこみ上げてくる。涙がこぼれないように顎を上げた。

「自分を愛せ」

宇佐美はほとんどコーヒー牛乳と化したエスプレッソを飲み干し、渋い顔をつくった。

「……俺みたいにな」

涙を浮かべたまま、小さく吹き出してしまった。励まそうとしてるのか、素でやってるのかがよくわからなかったが、指先で目尻を拭ったらもう少し頑張ってみよう、そんな気持ちが湧いてきた。

さやかは洟を一つすすった。

「編集長、次の戦略を教えてください」

「よし」宇佐美がうなずく。「次の戦略はリセットだ」

「リセットですか……」

「ああ、今日から新しい自分に生まれ変わって一からやり直せ」

以前から一度立ち止まって、自分を見つめ直したいと思っていた。

決めた。凛とした大人の女になるために、明日から自分を磨く。そのために心機一転、前髪を切ろう。あと、多香子を誘って温泉に行きたい。都会を離れて心に負った傷を癒すんだ。そうだ、次の企画は温泉を絡めてもいいかもしれない。

「わかりました。編集長」さやかは背筋を伸ばした。「わたし、今日から生まれ変わります。まずは前髪を切って、来週のどこかで温泉に行きます。傷ついた心と体を癒して、凛とした大人の女に……」

「とりあえずデスクを片付けてもらっていい？」宇佐美が言葉を遮った。「凛とかいいからさ」

「へ？」思わずアホな声を出してしまった。

「お前のデスクまわり、いつも散らかってるだろ」

「そうですかね……」

たしかにデスクの上には書類が山積みになっていて、下にはモノを詰め込んである。でも前の編集部では、みんなそうだった。

「あと、デスクの上に変なぬいぐるみ置くのやめてもらえる？　俺がつくりあげたriz編集部のシックで前衛的な空間が乱れる」

よく考えたら、このオフィスでは誰もデスクにキャラクターものを置いている人はいない。途端に恥ずかしくなった。

「ついでに、お前の部屋にあるいらないもの捨てとけ。どうせお前の部屋には、しょうもないものがいっぱいあるんだろ」

「……なんで決めつけるんですか」と言いながらも痛いところを突かれたと思っていた。さやかはものを捨てられずにため込んでしまうタイプだ。

「お前を見てればわかるよ。バッグから何か取り出すときいつもごそごそしてるもんな。バッグの中を片付けられないやつは、部屋も片付いてない」

「でも、それって自分をリセットするってことに何か関係あるんですか」

「関係あるに決まってんだろっ」宇佐美は声を荒らげた。「散らかってるところで毎日何時間も過ごして、精神にいい影響があるわけないんだ」

「そうですけど……」

「お前は生まれ変わるんだよな」

さやかは口をすぼめてうなずいた。

「過去をきれいさっぱり忘れることなんて人間できないの」

「わかりますよ。それくらい」

「だったら忘れたい過去とつながりがあるものを視界に入らないよう排除しておくんだよ。だいたいネガティブな感情を引き出すものを置いておいても、将来の自分のためにならないだろ。ポジティブになれるもので身の回りを満たしておけ。ココ・シャネルもな、インテリアは心の表れって言ってんだ」

宇佐美のデスクには自分の写真が飾ってあり、いつも同じ位置にペン立てと鏡が置いてある。少しでもずれているのをいやがる神経質なタイプだ。きっと結婚できない。

そして宇佐美はその鏡をちょくちょく見る。

自分を愛しすぎるのもよくないと思った。

5

会社のトイレに入り、鏡に映る自分の顔と対面した。

自分を愛するか――。心の中でつぶやく。

鏡に向かって口角を上げてみた。二十九年間慣れ親しんだその顔は、少し疲れていたが、愛嬌があって可愛い。そう考えるようにした。何があっても一生付き合うものだから。

両手で頬を軽く叩き、いつものバーで多香子とおち合った。

「さやかは一人じゃ絶対やらないから、わたしが捨ててあげる」

宇佐美に言われたことを話したら、多香子が泊まりに来ることになった。今日は一人でいたくなかったから、うれしかった。

近所のコンビニに入ると、多香子は掃除道具とワインをかごに入れたあと、部活帰りの女子高生のように、大量のお菓子を投げ入れた。自然と笑顔が漏れる。

「片付いてるけど、片付いてないね」

さやかの部屋を見るなり、多香子がつぶやいた。

改めて部屋を見渡すと、一見片付いているようだが、シェルフには本やDVDと一緒に仕事の資料が詰めこんである。ショップの紙袋の詰め合わせは、いつか使うだろうと、ベッドと壁の隙間に放置してあった。クローゼットの上にある扉の一つは、開けたら服の雪崩《なだれ》が起きそうだ。

「さあ、捨てますか」

多香子はワインを開けて腕をまくった。よほど大切なものなのか、革ベルトの腕時計をハンカチに包んでバッグにしまったあと、ワイングラス片手に、和也が使っていた歯ブラシやスウェット、マグカップをゴミ袋に放りこんでいく。

「なんか、ものを捨てるのってテンション上がるね」

勝手に盛り上がらないで——。

と思いながらも、アルコールの力に任せて和也との思い出の品々を捨てていくと、なぜか笑えてきた。

多香子がワインを注ぎ足し、三年間電源を入れてない美顔器を燃えないゴミの袋に入れようとする。

「これはやめて、また使うかもしれないから」と止めたが、「かんぱーい」とグラスをあててごまかされた。

少しだけ中身が残ったまま放置された化粧品のビンたち、コンビニでもらうスプーンや割り箸、三日で使わなくなったダイエット器具、母親が送ってきた韓流ドラマのDVD――。一年間使ってないものは自動的に捨てるという、独自の審査基準で躊躇なくゴミ袋に放りこんでいった。

「彼、イケメンだね」

多香子は鏡に貼ってあった和也の写真を見て言った。口にしたことを後悔している顔だった。

「それはわたしが捨てる」

さやかは写真をはがし、おもむろに破ってビニール袋に放り込んだ。和也の写真は携帯の待ち受けにもしてある。勢いで電話番号と一緒に消した。

《削除しました》と画面に表示されると、胸が熱くなってきた。

「さやか泣いてるよ」

「えっ」

宇佐美の前で必死にこらえていた涙が、今溢《あふ》れてきた。

「笑うか泣くかどっちかにしてよ」多香子が抱きしめる。一瞬、多香子のフレンチネイルが欠けているのが見えた。きっと片付けの最中に割れたんだ。もっと胸が熱くなる。

深夜の儀式が終わったとき、すでに空は明るくなっていた。部屋がすっきりしたおかげで、一人暮らしを始めたころの気持ちが甦ってくる。不思議と新しい自分になれそうな気がしてきた。

多香子がシャワーを浴びたので、パジャマ代わりに高校のジャージを渡した。

「なんでこれなのよ」

左胸にある「3—3　黒木さやか」と書かれた名札を見て怒っている。

それから、お互いのノーメイクを見せ合って笑った。メイクを落とした多香子は、目が一回り小さくなって、眉毛もほとんどなかったのだ。

二人で同じベッドに寝て、電気を消すと、多香子が手をつないできた。

「もう、彼のこと忘れようね」

高校生に戻った気がした。

＊

土曜日の日差しを浴びて、さやかは大きく腕を伸ばした。昨日より体が軽くなった気がする。久しぶりに気持ちよく休日が過ごせそうだ。

多香子を駅まで送ったあと、駅ビルの中にある大型書店に寄ることにした。今まで敬遠していたが、婚活のことが書かれた本を読んでみようと思ったからだ。

入ってびっくりした。入口の一番目立つところに「結婚したい貴方へ」と書かれた婚活本コーナーが展開されていたのだ。「三十歳のためのあきらめない結婚」「あなたが結婚できない九つの理由」そんなタイトルが目に入った。

立ち読みで済ませるつもりが、レストランへ向かうカップルからの視線が気になってしまい、つい三冊も買ってしまう。

近所のカフェに入り、壁際の席でさっそく読みふけった。

《あなたが結婚相手に求める条件はなんですか？　多くの女性は「普通でいい」と言います。でも今は「普通」という条件を満たす男性がいないのです》

不況の煽りを受け、男性の経済力の低下が著しい上に、二十代前半でも結婚したがる女性が増えているため、条件のいい男はだいたい結婚してしまっている。だから収入が少なくても我慢するとか、バツイチの男を狙うのがよい。

どの本にも共通して書いてあったのは、条件を下げろということだ。

そうだよなあ。さやかは本に向かってため息をついた。


月曜日の午後、外出先から帰ってくると、宇佐美にちょっと来いと呼び出された。

「いやあ、よかったぞ。今回の原稿。ワンルームの儀式ってやつ。お前もやればできるじゃないか」

多香子と部屋を片付けたことを記事にして、今朝提出した。そのことを言っているのだろう。

「そうですか……。ありがとうございます」さやかは軽く頭を下げて言った。

「どうした？　せっかく褒めてやってるんだからもっと喜べ。俺が考えた企画だから謙遜してるのか。まあ、たしかに俺の類《たぐ》い稀《まれ》なる才能がこのコラムを生み出したのは間違いないが……」

「そうじゃなくて」

宇佐美を遮り、本に書いてあったことを話した。こんなに結婚しづらい世の中なのに、あと四か月で結婚するなんて到底無理だ。結婚したくなるような人に出会うだけでも難しい。

椅子から立ち上がった宇佐美は、デスクに寄りかかるように座って腕を組んだ。

「お前が結婚相手に求める条件ってなんだ?」

「安定ですかね……」

お金持ちである必要はないが、安心して暮らしていける程度の経済力は欲しい。できれば、年に一回は海外旅行へ行けるくらいの家庭をつくりたい。

「他にないのか?」

「他ですか……。ええと、外見がさわやかで、わたしのことを好きになってくれて、浮気しない人です。で、できれば次男がいいですかね……」

宇佐美は黙ったまま難しい顔をしている。やはり本に書いてあったとおり、自分の挙げた条件は高いのだろうか。

「やっぱり、妥協したほうがいいんですかね」さやかは間《ま》をつなぐように聞いた。

「一ミリたりとも妥協するな」宇佐美は間髪入れず答える。「たった一度の結婚だぞ。妥協して選んだ相手と結婚したくないだろ」

「それはそうですけど……」

「だったら、結婚相手には絶対妥協をするな」

素直にうなずけなかった。理想だけ掲げても、結婚できないまま歳が過ぎていくのが怖い。

宇佐美は立ち上がり、着ていたジャケットを脱ぎソファーに投げた。

「だいたいお前は、外見がさわやかとか、次男とか、条件まで地味だな。俺に言わせれば、そんな男はすべり止めだ。どうしてお前は俺レベルの男を狙っていこうと考えない」

首のあたりを掻きながら「最近のやつはどうして挑戦をしないんだ……」と愚痴る口調で言った。もちろん聞き流した。

「そんなこと言ってたら、いつまでたっても結婚できないと思います」

「たしかに条件が高ければ、それだけ対象が小さくなる。だからお前には戦略が必要になる」

また戦略か。「なんですか、次は?」しかたなく聞いた。

「コーチの戦略だ」

「コーチってバッグのコーチですか」

「そうだ。まあ、俺をブランドに例えるならエルメスとかシャネルだろう」宇佐美は真顔で言った。「でも、お前は俺と違ってルックスに恵まれているわけでもなく、知性を兼ね揃えてるわけでもない。そして残念なことに三十歳の大台を超えようとしている。エルメスやシャネルのようなスーパーブランドにはなれないが、コーチならなれる」

コーチに失礼だし、わたしにも失礼だ。それに、人のことを三十だとバカにするけど、あんたは四十一だ。つっこみどころが多すぎて、なんて言葉を返していいかわからない。

「コーチはな、どちらかというと年輩向けのビジネスバッグなんかをつくっていた高級革製品のブランドだった。でも九〇年代半ばにカジュアル化が進んで低迷した。そこでコーチはポジショニングを変えたんだ」

「ポジショニングですか？」

「ああ。コーチが徹底的に市場調査をした結果、二十万だったらエルメスやヴィトンを買う。三万のバッグは持ちたくない。六万から八万円のバッグを提供しているブランドが存在しないという、ホワイトスペースに気づいた。コーチは、自分たちがエルメスやヴィトンのようにスーパーブランドにはなれないことを踏まえた上で、あえてその層にポジショニングをしたんだ」

たしかに、三個目や四個目のバッグを買うときに、六万くらいのを買ってしまうときがある。

「つまり、コーチは勝てる戦場を選んで勝負をしているんだ。だから激戦区のヨーロッパよりも、北米やアジアを中心に出店しているんだ」

宇佐美は満足気にうなずき、今度はベストを脱ぎソファーに投げた。

「それともう一つ、コーチには他のブランドが決してやらなかった戦略があった」

「なんですか、もう一つの戦略って」

「顧客に次シーズンのサンプル品を見せて、ジッパーをこうしたほうがいいとか、持ち手の長さがどうだとか、使う側の声を聞いて商品に反映させたんだ。エルメスやシャネルがそんなことやってたらいやだよな。消費者が想像もつかない独創的なものをデザイナーにつくってほしいだろ。でもコーチはあえてその逆をやったんだ」

コーチがそんなバッグのつくり方をしているなんて思わなかった。つい宇佐美の話に引き込まれてしまう。

「空いている市場を見つける。顧客の要望に徹底的に答える。コーチが採用した二つの戦略を実践すれば結婚相手に妥協する必要がなくなるんだ。わかったか」

さやかが返事をする前に宇佐美は続けた。

「お前はまず、男の要望に応えるところから始めろ」

「要望に応えるって、何すればいいんですか？」

「服だな」

「服、ですか……」

「そうだ。服装なんて今日にだって変えられるだろう。第一印象が恋愛に大きく影響する以上、最も優先順位の高い改善事項だ。特別に俺がお前の着るべき服を選んでやろう」

「編集長が選ぶんですか……」不安だった。宇佐美の着けているネクタイは特大のペイズリー柄だ。

宇佐美は引き出しを開け、雑誌を何冊か取り出し「これ買ってこい」とテーブルに置いた。それぞれに付箋が貼ってある。

「どういうことですか、これ」

「隅に店の名前が書いてあるだろ。そこに行って買ってくればいい」

「雑誌の真似しろってことですか？　いやですよ、そんなの」

「トレンドなんてすぐ変わるんだ。悩む前に買ったほうがいいだろ。それに、俺が選んだんだからプレミアつくぞ。今週中に必ず買ってこい」

はあー、どうしてこうなるのか。さやかは一応、宇佐美が出した雑誌を手にとった。さすがに女性誌の編集長だけあってセンスは悪くなかった。でも、男が着てほしい感じの服であって、自分が着たい服とは違う。ベタというかわかりやすい。

実際、「愛されブラウス」とか、「結婚できるワンピ」とか、そんなコピーが紙の真ん中でハートマークと一緒に踊っている。

「でもこれ、男目線、意識しすぎじゃないですか?」

「いいだろう、男にモテたほうが」

「いやですよ、そういうふうに服を選ぶのは」

昔から「モテ服」とかそういうコピーを見ると、男のために服を着てるわけじゃない、自分のために服を着てるんだと思ってしまう。

宇佐美は盛大にため息をついた。

「お前は自分にしか興味がないんだな」

「は? どういう意味ですか、それ」むっとして言い返した。

「お前は男に興味がないんだ。男に興味がないから男を知ろうとしない。男を知らないから男のニーズに応えられなくて、恋愛がうまくいかないんだよ」

「そんなことありませんよ」

和也と付き合ってるときは、いつも和也のことを考え、和也が喜びそうなことをしてきた。もしそうだとしても、自分にしか興味がないなんて宇佐美だけには言われたくない。

「どうせ、お前が考えてることなんて、どうしたらいい男に出会えるかとか、どうしたら結婚できるかとか、そんなところだろう。要するにお前の興味の対象は自分なんだよ。もっと純粋に男が何を考え、男が何を求めているのか知れ。そうすれば男のためにファッションを変えることくらい簡単にできる」

どうしてそこまで自分を棚に上げて言えるのだろう。怒りを通り越して、興味が湧いてきた。

「だいたいお前、なんでいつもスカートの丈が長いんだ」宇佐美はさやかのワンピースを見て言った。「そんなの着てるから色気がないんだ。足と腕は必ず見せろ」

体のラインに自信がないから、あえてマキシ丈のスカートやチュニックを着て、腕や足は隠しているのだ。

「足も腕も太いですから、見せても誰も喜ばないですよ」

「そのとおりだ。たしかにお前は足も腕も太い」

ああ、やっぱり腹が立つ。握っていた拳に力が入る。

「でもな、男が細い腕だけを見たいと誰が決めた？　男を知らないからそんなことを思うんだ。男という生き物は女の肌に自然と目がいくんだ。一回腕出して街を歩いてみろ。視線が集まることに気づくはずだ。それに、そのだらしない腕を見せることによって、お前が羞恥心を感じれば、なんとかしようという気持ちだって湧いてくるだろう。己の欠点を隠す者に成長はない」

「編集長だって前髪伸ばして、不自然に生え際隠してるじゃないですか！」

気持ちが収まらなかったので言い返した。宇佐美の顔が固まる。言ってはいけないことを言ってしまったような気もしたので、怒り出す前に席に戻った。

横目で宇佐美を見ると、鏡に向かって心配そうに前髪をいじっていた。

6

ｒｉｚに異動してから、ちょうど二か月がたった。職場のみなから雑用を頼まれるのも今日が最後だ。コンビニのお弁当をデスクで食べるような夕食が続いたので、帰りにワインでも開けてお祝いしたい気分だった。

でも、運が悪いことに風邪を引いていた。昨日手伝ったロケで、撮影中に大雨が降り、ずぶ濡れになってしまったのだ。

大きめのマスクをつけて、朦朧とした頭でパソコンを見つめていると、先輩のユウコに肩を叩かれた。

「黒木ちゃん、明日の午前中空いてる?」

「一応、空いてますけど」鼻声で答えた。

「川村製薬とのタイアップの件、悪いんだけど、代わりに打ち合わせ行ってもらえないかな? イベントの準備がうまくいってなくて」

「いいんですか、わたしが行って」

「へいきへいき、広告代理店の人がいて、隣に座ってるだけだから」

ユウコは軽い口調で仕事の内容を説明した。

川村製薬が新製品の保湿シートを発売するにあたって、rizにタイアップ広告を出稿する。媒体費を安くする分、保湿シートを付録にするという案件だった。

できれば行きたくなかった。川村製薬は東京の反対側にある。風邪を引いているのにいつもより早起きしなければならない。

「研修期間は今日までなんですよねえ」とやんわりと断ったが、「じゃあ最後になるわね」と流された。そのあとも目の前で咳きこんでみたが、栄養ドリンクを渡されただけで、さやかが行くことは覆らなかった。

翌朝になり、熱を測ったら一度も上がっていた。強めの風邪薬を飲んだのに眠くなるだけで、全く効かなかった。

何を着て行くか迷ったが、宇佐美に言われて買った「モテ服」は着ないことにした。男のために服を着ることにどうしても抵抗があり、買ったまま紙袋から取り出してもいない。

結局その日は、ボーダーのカットソーに紺のジャケットを羽織り、ボトムはベージュのチノパンにした。

我ながら色気がないなと思ったが、熱があるからかまっていられなかった。それに忙しくて、むだ毛の処理をしていなかったので、足も腕も見せられない。

さやかは川村製薬の受付ロビーでマスクをとり、広告代理店の営業を待った。

「黒木さんですか」

振り向くと、薄いグレーのスーツを着た男が目に入り、さらに熱が上がった気がした。

——来ちゃったかもしれない。

目の前に現れたのは精悍な顔立ちをした男子で、まじめそうな雰囲気だけどスーツがオシャレだから野暮ったさもない。とにかくタイプだった。

仕事を頑張ったから神様がご褒美をくれたのかも。さやかは慌てて笑顔をつくった。すぐしまったと思った。風邪を引いているせいで、今日はメイクが薄い。服も可愛くない。声もガラガラだ。どうしよう。

「電報堂の柏木です。よろしくお願いします」

「あ、宝文社の黒木です」

小さく咳払いをして名刺交換をした。名前は祐一。条件反射で左手の薬指を見てしまう。指輪はない。心の中でガッツポーズをした。

受付ロビーのソファーで向かい合い、プレゼンの打ち合わせをした。近くで見ると、祐一は肌がきれいだ。きっと年下だろう。しかも電報堂は広告代理店の大手。こんなイケメンだったら、若くて可愛い彼女だっているはず。年上の女のことなんて好きになるわけないだろうな。でも逆に、僕、年上の女性が好きなんです。ということはないだろうか。プレゼンが終わったあと、黒木さん、もしよかったらこのあとランチでも……。

って、何考えているんだ。わたしは——。危うく、どう恋に落ちるかシミュレーションを始めてしまうところだった。今は仕事中だ。

意識するな、意識するなー。自分に言い聞かせたが、つい顔をちらちらと見てしまう。

しばらくして、先方の広報部門の担当者が二人現れた。管理職と思われる年輩の男性と、入社二、三年目といった感じの女子社員だった。その子は栗原美里と名乗った。白いフレアスカートにアンサンブルのニットを着ていた。要するに宇佐美が指定したような男受けする服装だ。

さやかと名刺交換を済ませると、すぐに祐一のそばに寄っていき、上目使いで「このビル、節電中で暑いんですよぉ」とどうでもいい話をしながら、ニットの胸元をぱたぱたと煽いでいた。

「今回、我々がご用意させていただいたプランは、市場シェアの拡大を最優先事項と考えています。ヒアルロン酸が二十パーセント増量になったことを訴求するだけではなく、パッケージのデザインについても……」

会議室に入ると祐一はてきぱきと広告のプランを説明していった。

栗原美里が資料に目を落としている隙に、祐一を横目で見た。スーツの中に着ている水色のクレリックシャツがさわやかで、ときどき見せる白い歯もいい。

「riz さんの読者層って何歳くらいなんですか？」

つい祐一に見惚れていると、突然、栗原美里に聞かれた。

「主な読者は三十代の働く女性です」さやかは慌てて答えた。

「ターゲットはもうちょっと若い層なんですよね」栗原美里はさやかをまじまじと見て言った。まるで、あなたのような人は対象ではないんです、とでも言いたそうな顔だった。

「rizには二十代の読者もいますが……」

「それは少数派なんですよね？　もう少し年齢層が低い雑誌を媒体に選んだほうがいいかもしれない」

「少ないってわけじゃ……」うまく説明できず、目を逸らしてしまった。

前の編集部では、こういった折衝《せっしょう》は営業チームに任せていたので、クライアントに提案することは初めてだった。読者層のデータを持ってくればよかった。座っていればいいと言っていたユウコを恨んだ。

「栗原さんもご存じだと思いますが、三十代女性の層は、市場が大きいんですよ」さやかが言葉を出せないでいると、祐一が口を開いた。「二十代に比べ可処分所得が多いですし、それに私どもの調査では、川村製薬さんの商品をお使いになるような、アンテナの高い三十代の方というのは、自分のことを二十代だと思ってるんです」

そうやって言えばいいのか。祐一の言い回しにさやかは妙に納得した。祐一がかばってくれたのもうれしかった。

「まあ、そうかもしれないですね。最近は三十くらいの人も服装とかお化粧に気をつかってきれいですからね」

栗原美里はさやかを一瞥して口元を緩めた。嫌味を言われた気がしてむっとしたが、クライアントなので微笑んだ。

「実はもう一つ提案がありまして、もう少しだけお時間いただいてもよろしいでしょうか」

打ち合わせが一段落したところで、祐一はバッグから新しい資料を取り出した。

「本製品は他社の製品に比べて低価格なので、アジア市場での拡販が期待できます。弊社の海外部門をご紹介することも可能ですので、ご検討いただけないでしょうか」

「海外ね……」

それまで、若い者に任せるという態度だった管理職風の男が資料を受け取る。

「まあ、でも……、うちは国内でも充分やっていけるから」

「お言葉ですが、今、アジアの新興国では何億人という規模で中間層が増えています。需要の冷え込んだ国内だけに目を向けるのは、逆にリスクになるかと」

可愛い顔をしているのに、祐一ははっきりものを言う。少しひやひやした。

「まあ私の一存じゃ決められないから、検討しておくよ」課長はしかめた顔で資料をぱらぱらめくる。面倒なのが口調に表れていた。


会社を出たところで祐一と別れた。もちろんランチに誘われることはなかった。仕事上の関係だから、そう馴れ馴れしくするわけないか。

あーあ、出会いなんてそう簡単にはないよな。

小さく独りごとを言って額に手をあてると、さらに熱くなっていた。コンビニで栄養ドリンクを買い、駅のエスカレーターを降りながら、それを飲んでいると、咽返《むせ》りそうになった。

ホームに電車を待っている祐一がいたからだ。目が合ってしまう。気づかないふりをするには近すぎた。

祐一が会釈をする。さやかは慌ててバッグの中に栄養ドリンクのビンを隠した。

昼間の地下鉄は空いていて、横並びで座席に座った。なんとなく気まずい空気が流れる。

何か話しかけようと思った。でも久しくこんな状況になっていないので、男子にどう接していいか忘れている。それどころか緊張して変な汗をかいてきた。熱があるので頭も働かない。いったい何を話したらいいんだ。

「黒木さん、夏休みはどこか行かれました？」祐一が間を持たせるように聞いた。

「夏休みですか」緊張で声が裏返ってしまう。「旅行で、インドへ……」

「えっ、インドに行ったんですか。じゃあ、ガンジス川は入りました？」

「えっ、ガンジス川ですか……。行きましたけど、入りはしなかったかな……」

突然の質問に戸惑いながら答えた。ガンジス川は洗濯している人も、体を洗っている人も牛もいた。独特の匂いもあった。あの川に入るなんて無理だった。

「僕は泳いだことあるんですよ。ガンジス川」

「えっ、泳いだんですか？」

「はい」祐一がにっこり笑う。「実は僕、子供のころ親の仕事の都合でインドに住んでたんです。夏は親父に連れられて、よくガンジス川へ泳ぎに行ってました。だいたい十五分くらいで向こう岸に着くんですよ」

祐一の細いあごからはインドに住んでいたことも、ガンジス川を泳いでいる姿も想像がつかなかった。

「でもいいですよね、インド。熱気があって」祐一は遠い目をして言う。「ものすごい勢いで発展してるから、昔のフェイスブックやグーグルのようなベンチャー企業がどんどん生まれているんです。うちの会社もインドの拠点をバンガロールに移すことになって……」

それから祐一はインドがいかに経済成長しているかという話をしてくれた。インドという共通の話題が見つかった。でも旅行で行ったのは寺院とか宮殿とか、観光地巡りがメインだったので、話は続かず地下鉄二駅分で沈黙が訪れた。車内アナウンスとブレーキの音が耳につく。

地下鉄だから外の景色もない。黒い窓ガラスに映った祐一の顔を見る。

俳優としてテレビに出ていてもおかしくない顔立ちだ。漂ってくるにおいまでさわやかだ。やっぱりガンジス川で泳いでいたとは思えない。きっと、あと一時間もすれば、会社の可愛い女子社員にお茶でも入れてもらうんだろう。実際、川村製薬の栗原美里も祐一に好意を寄せているようだった。

小さくため息をつくと、窓ガラスに映る祐一と目が合った。慌てて中吊り広告に目を逸らす。

その広告は結婚式場のもので、白いタキシード姿のモデルが少し祐一に似ていた。

電車に揺られながら、つい自分と結婚している姿を想像してしまう。郊外にある庭つきの一戸建てに住んで、犬を飼いたい。ポメラニアンか、ゴールデンレトリバー、いやフレンチブルドッグだ。

祐一のためだったら、お弁当をつくるために早起きだってできそうだ。憧れるなあ。玄関でお弁当を渡して、行ってきますのキス。

「祐一、行ってらっしゃい」

「行ってきます、さやか」祐一が玄関に置いてあったゴミ袋を掴む。

「ゴミはいいよ、わたしが持っていくから」さやかはエプロン姿のまま、サンダルをつっかけた。

「さやかにゴミを出させたりできないよ」

祐一がゴミ袋を取り上げ、再びキスをしてきた。

「もう祐一ったら、何してるのよ。早く会社行かないと遅刻するよ」祐一の額をつつく。

「さやかこそ早く起きないと遅刻するよ」祐一が顔を覗き込んで、心配そうに言う。

「えっ、何言ってんのよ?　わたし起きてるけど」

「ううん、さやかは寝てるよ」

「起きてるってば」

「お前、いつまで寝てんだよ」宇佐美の怒鳴り声がした。

「わっ」

次の瞬間、鈍い音と同時に後頭部に痛みが走った。首がうしろに折れて電車の窓に頭をぶつけたようだ。

えっ、もしかしてわたし寝てた――。

目を開けると、地下鉄は地上に出ていて、見慣れた東京の景色が斜めに映っていた。

さやかは慌てて頭を起こす。

「もしかしてわたし、ずっと寄りかかってました？」顔を見る勇気がなく、目を伏せて聞いた。

もしそうだとしたら、二十分くらい祐一の肩で寝ていたことになる。

「出版社の方は忙しそうですね」祐一はそう言って笑っているだけだった。

「いや、その、あははは……」さやかも笑うしかなかった。

駅に着き、乗客たちが一斉に立ち上がった。さやかも立とうとしたが、足がしびれて力が入らない。足首が外側に折れ曲がってしまい、体勢を崩しそうになった。

あっ、やばい。倒れる。

次の瞬間、腕を掴まれた。祐一が手で体を支えてくれた。

「大丈夫ですか？」

「あっ、すいません……。大丈夫です」

いきなりのスキンシップに心臓が高鳴った。でも祐一が掴んでいるのは二の腕だ。お肉に指が食い込んでいる。きっと腕が太いって思われた。

「今日はありがとうございました」電車を降りたところで祐一が言った。

さやかもお礼を伝えようと思い、勇気を出して顔をあげた。すると祐一のスーツの右肩が、薄いグレーからチャコールグレーに変色しているのが目に入る。

――よだれだった。

「黒木さんって面白い方ですね」祐一はもう一度笑い、「それじゃあ」と片手をあげて先に行ってしまった。

人ごみに紛れて消えていく祐一の背中を眺めた。泣けてきた。

＊

熱が下がらず、翌日、さやかは会社を休んだ。

一日ぶりに出社してパソコンを立ち上げると、意外な人物からメールが届いていた。

差出人は中谷ユリという名前で、週刊エッジの「B級ミシュラン」を担当しているとのことだった。

ああ、あの子か。退職の取り消しをお願いしに行った日に、自分の机に座っていた若い子が頭に浮かんだ。仕事のことで相談したいことがあるらしい。

自分も新入社員のころは上司やスタッフとの人間関係で悩むことが多かった。そのたびに先輩たちに助けられた。できれば相談に乗ってあげたい。

でも、こうして連絡が来るということは、結婚退社できずに会社に残ったことを知られているということだ。前の編集部で自分はなんて言われているのだろう。考えたくなかった。

いやな子じゃないといいな。さやかは待ち合わせの時間を少し過ぎたところで、予約したレストランの扉を開けた。

「あっ、黒木さんですよね？」窓際の席に座っていた子が手を挙げた。丈の短いジャケットに白いレースのワンピースを合わせていて、立ち上がると裾のフリルが小さく揺れる。この子も例によってモテ系の服装だ。

「ごめんね、遅くなって」

「いえ、全然」

ユリの年齢はおそらく二十三、四で、栗原美里と同じくらいだ。肌に自然な透明感がある。ピンクのチークにも嫌味がなかった。ふわっとした雰囲気で男受けがよさそうだ。

向かいに座り、あたりさわりないものを注文して、世間話をした。週刊エッジは激務だが、編集長の原田は相変わらずやさしいらしい。

料理が出てくるたびに、ユリは携帯を構え、写真に収めた。ＳＮＳにアップするらしく、「撮ってもらっていいですか」と携帯を渡された。さやかが構えると、サングリアの入ったグラスを頬につけ、「おいちー」って顔をする。

時代は変わったな。おじさんのような心境になった。

「うまくやってるじゃん。悩みなんてなさそう」悩みを言い出しづらいのかと思い、ユリに話を振った。

「そのことなんですが、実は……」

ユリの話を聞いて椅子から落ちそうになった。取材に行くと、いつもお店の人に食事に誘われて困る、それがユリの悩みだった。

「そんなものはね、聞き流してればいいのよ」

先輩として断り方の術を教えておいた。ユリは、うんうんとうなずきながら一生懸命聞き入っている。

でも本当は、取材先で誘われたことなんてなかった。少しはモテ系のファッションを取り入れたほうがいいのだろうか。そんなことを思う。

「ところでさ、ユリちゃん……」

ユリが一応納得してくれたみたいなので、さやかは自分の本題に入ることにした。

「なんですか?」ユリはサングリアが入ったグラスをテーブルに戻した。

「変なこと聞くんだけど、わたしが会社に復帰したことって、みんな知ってるのかな」恐る恐る聞いてみた。

「ええ、みんな知ってますよ。黒木さんって会社辞めた日に婚約破棄されたんですよね」

——オブラートに包まんかい。

「そ、そうなの、うけるでしょ。アハハ」さやかは頬が紅潮するのをごまかすように笑った。

「しかも、それをネタにコラム書いてるんですよね。あれ、みんな面白いって言ってました。体張ってますよね、黒木さんって」

ユリも笑っている。お前は笑わなくていい。その言葉が出かかったが、飲み込んだ。

「ユリちゃんはどうなの、彼氏いるの？」

これ以上は自分の話を聞くのが怖くなり、話題を変えた。

「実は、最近できたんです」ユリが目を細めた。

「よかったじゃない」

「たぶん、結婚すると思います」

「えっ、結婚って、まだ早くない？」

「高く売れるうちに結婚したいんですよねぇ」

高く売るなんて。宇佐美の黒光りした顔を思い出して、サングリアが少し苦くなった。どうせ、わたしは最安値更新中だ。

「ちなみにだけど、その彼とはどこで出会ったの？」

「それがですね……」ユリの口元が緩む。

ユリの話によると、有名なパワースポットに行ったら、隣の部屋にその彼氏が引っ越してきて、飼っていた犬がユリの部屋のベランダに迷いこんできたらしい。そんなドラマみたいな出会いが本当にあるのか。

「どこなの？ そのパワースポットって」食いついているとは思われないように、コーヒーをすすりながら聞いた。

「仙台に伊達政宗公のお墓があって、そこにお参りすると伊達政宗みたいな男らしい人と結ばれるんです。口コミで広まったらしくて、女性が大勢いました」

「仙台って遠くない？」

「遠かったんですけど、行ってよかったなあ。今の彼、運命を感じるんですよぉ」ユリが遠い目をして話す。

「えー、偶然じゃないの？」

「偶然っていうより奇跡かも。彼、すごくやさしいし、背も高いし、わたしが求めていたものを全て持ってるんです。理想すぎて逆に怖いくらい」

ユリは恋する乙女の目をしていた。

奇跡か。さやかは帰りの電車で携帯を取り出し『伊達政宗　墓』と検索してしまった。

＊

「次の企画が決まりました」

翌朝、出社してすぐ宇佐美のデスクにいき、企画書を渡した。

「ん、なんだ？　次の企画って」宇佐美がキーボードを打つ手をとめて言った。

「奇跡を起こすパワースポット特集です」

「パワースポット？」途端に面倒くさそうな口調になる。「どこだ。そのパワースポットって」

「仙台にある伊達政宗のお墓です」

「は？　伊達政宗の墓？」

「はい。政宗公は仙台のお寺に祭られてるんですけど、そこの樹齢数百年の杉に囲まれた本堂でエネルギーを浴びると、伊達政宗のような男らしくて素敵な男性との出会いがあるんです。今、大人の女性たちの人気スポットで、ここ数か月で訪れる人が倍増しているらしいです」

「墓から何が出てるって」宇佐美は鼻で笑いながら聞いた。

「いや、だからエネルギーです」

「だからなんだよ、エネルギーって」

「恋のエネルギーですよ」

「あほかお前、なんで四百年前に死んだおっさんから、そんなエネルギーが出てるんだ」

伊達政宗をおっさん呼ばわりするなんて、宇佐美には罰《ばち》があたる。

「たしかに死んだ人かもしれませんが、実際に多くの女性が足を運んでいるのは事実です」

「お前そういうの好きだな。占いとかパワースポットとか、パワーストーンとか」

それが何か？　さやかは心の中で言い返した。男にはわからないんだ。神秘的なものに惹かれる女子の気持ちが。

「前から言おうと思ってたんだけど、デスクに飾ってある象みたいな人形何あれ？　気持ち悪いから捨ててもらっていい？」

「あれはガネーシャっていう、インドの神様なんです。あのお守りのおかげで実家の犬は今でも元気なんです」

「お前、そういう話になると目がマジだな」

早く編集長を代えてくださいと、あとでガネーシャに手をあわせよう。

「まあでも、次の企画でパワースポットをやってもいい」

宇佐美は椅子を回転させ横顔を見せた。

「え、ほんとですか。ありがとうございます」自然と声のトーンが上がってしまう。

「お前のコラムは評判もまずまずだし、パワースポットを特集してほしいっていう読者も多いからな。今回は特別にお前の意見を採用してやろう」

やっぱりそうか、rizの読者もパワースポットを求めてるんだ。自分の読みが当たったと思うと、少し誇らしい気持ちになった。

「ただし、その寺には行かない」

「どうしてですか？」

「本当のパワースポットを知ってるから、そこに取材しに行く」

「どこですか？　本当のパワースポットって」

「今にわかる」それだけ言って、宇佐美は再びパソコンに向った。

＊

取材の前日、宇佐美に「これを着てこい」と紙袋を渡された。中に入っていたのは背中が大きく開いた黒のドレスだ。

アクセサリーと靴は白かベージュでまとめろと指示された。宇佐美に言われたとおりにして鏡の前に立つと、心なしか自分がきれいになった気がした。

それにしても、こんな恰好でいったいどんなパワースポットに行くんだろう。一抹の不安を覚える。

待ち合わせ場所に宇佐美が現れた。刺繍の入ったタキシード風のジャケットにスタンドカラーの白シャツという装いだ。

「やっぱりそのドレスにして正解だったな」

タクシーに乗ると宇佐美にじろじろ見られた。

「どうしてですか？」

「二の腕が隠れるからだ」

宇佐美は声をあげて笑う。この前は見せてもいいって言ってたくせに。腹が立つ。

車がちょうどカーブにさしかかり大きく揺れたので、さやかは体が倒れるふりをして、宇佐美に膝をぶつけた。

「あっ、ごめんなさーい」

「あれ、編集長にそういうことしていいんだっけ？　パワースポット行きたくないの？」

あー、鬱陶しい。でもパワースポットに行きたいから、「すいません」と口だけで謝った。

「それで、どこなんですか？　本当のパワースポットって」

「アレクシーのレセプションパーティーだ」

アレクシーとは最近日本に上陸した気鋭のデザイナーズブランドだ。

「どうして、それがパワースポットなんですか？」さやかは不服を込めて言った。

パワースポットといえば、お寺とか神社とか森林でしょう。着飾った大人が集まる場所が、パワースポットなわけがない。

「人間なんてな、所詮動物だから好きな服着て、うまいもの食って、飲んで笑ってれば、どんなに落ち込んでいても力が満ちるようにできてるんだ。知らない寺に行って手を合わせたところでアゲアゲにはなれないだろ」

アゲアゲって——。宇佐美の死語に気持ちが急に萎《しぼ》んでいった。

「まあ、パワースポットとか占いとか非科学的なものも、一概には否定できないけどな。クリスチャン・ディオールも占いに頼っていたし」

「そうなんですか」

「ああ、ディオールは大切な決断をするとき、占い師に相談した。他にも神仏に頼っていた成功者は多い。JPモルガンの創始者も『占星術を使わない億万長者はいない』って言ってるしな」

「だったら伊達政宗のお墓でもいいんじゃないですか」

「お前さ、そもそも伊達政宗がどんなやつか知ってんの?」宇佐美はタクシーの窓ガラスに自分を映し、前髪をいじる。

「わたしだってそれくらいわかりますよ」

「じゃあ、どんなやつだ?」

「戦国武将の人ですよね」

「お前の知識、めちゃくちゃ薄いな」宇佐美はあからさまにため息をつく。

ふん。さやかは唇を尖らせた。普通の人の知識はそんなもんだ。

「伊達政宗なんてな、ただのキモいおっさんだぞ」

「は？　どうしてそんなこと言うんですか」

「政宗はな、五十過ぎて彼氏がいたんだ」

「えっ、彼氏……、ですか？」

「ああ。政宗はな、他のやつと酒を飲んで酔っ払ったとき、その彼氏が浮気したんじゃないかって疑って激怒したことがあった。あとから聞いた彼氏のほうが、腕に刀を刺して、血で身の潔白を誓う手紙を書いたわけ。そしたら、政宗も『疑ったりしてごめんな、そんなつもりじゃなかった、お前のことが好きで疑ってしまった。許してくれ』ってしょうもないラブレター書いて、それが今でも残ってんだ。そんな女々しいおっさんの墓に行って、恋愛のパワーがもらえるわけないだろ」

　あーあ、夢がないなあ、この人は。言い返すのも面倒になった。

「まあとにかく、俺が選んだドレスを着て、容姿、頭脳ともに超一流のファッショニスタと一緒にパーティーに参加すれば、お前だって少しは自分が魅力的になった気がしてテンションが上がるだろ」

　宇佐美は胸のポケットに差したスカーフの形を整えた。

「編集長が考えてることわかりました」さやかが言った。

「ん、なんだ？」

「本当は、そのパーティーにわたしを連れていって、自慢したいんじゃないですか?」

そのとき、交差点で右折した勢いで車が横に揺れた。

「あっ、わりい」宇佐美が肩をぶつけてきた。

痛いな、もう。四十過ぎたおっさんが大人げない。

宇佐美にやり返すため、さやかはタクシーが揺れるのを待った。

7

巨大なシャンデリアはグラスに注がれたシャンパンと同じ色に輝き、デコルテに塗ったラメが、その光を反射していた。会場の中央にあるプールには、バラの花びらが浮かんでいて下からライトアップされている。さすがにデザイナーズブランドのレセプションパーティーだけあってセンスがいい。

そして、宇佐美の振舞いは絵になっていた。

こういったパーティーでは部下であってもレディーファーストが原則らしく、入口ではさやかを先に通した。会場に入ると人脈が広いのか次から次へと声をかけられ、普段とは正反対の態度で気さくに談笑した。さやかが言葉に詰まったときは、さりげなく会話をフォローする。こういうときだけ変に大人だ。

ただ、手にしているのはオレンジジュースだった。酒が一滴も飲めないから絶対飲ませてはいけない。そう多香子から忠告を受けていた。ｒｉｚの飲み会で、ウーロン茶にウイスキーを混ぜて飲ませたら、その場で倒れたことがあったらしい。

「お一人ですか」

一人になると、カジュアルなスーツを着た男の子に話しかけられた。

「上司と来たんですけど、どっか行っちゃいました」

「そうなんですか」男の子が笑う。「僕、フリーでバイヤーをやってる田中と言います」

名刺を出されたので、さやかもバッグから名刺を取り出した。

「ｒｉｚで編集をやってる黒木です」

「へぇ、ｒｉｚの編集なんですか。ｒｉｚっていつも企画が斬新だから、雑誌の中でも別格な感じがしますよね」

それからその子はカメラマンをしているという友人を紹介してくれた。それぞれの業界の裏話を披露し合って盛り上がった。

和也と別れてから、もう誰かを本気で好きになることも、誰かに愛されることもないのかもしれない。心のどこかでそんなふうに考えていた。でも、人はたくさんいる。そんな当たり前のことを思い出したら心が軽くなった。

そして何よりもさやかの気分を昂ぶらせたのは、中央のテーブルに用意されたチョコレートファウンテンだった。あったかいチョコレートに包まれたイチゴを食べると、あの茶色い滝で泳ぎたくなる。ここに来れば、どんなに落ち込んでいてもテンションが上がりそうだ。

「食ってばっかいないで、少しは人脈広げろ」

戻ってきた宇佐美が、いつもの口調で言った。

「さっき、好きにしてていいって言ったじゃないですか」

「お前ね、こういうときにクライアントと顔をつないでおくんだよ。広告なんてな、担当者の感情一つで決まることが多いんだ。広告が入ればそれだけ予算が増えていい企画できるだろ。そうすれば部数も増える」

さやかは頬を小さく膨らませた。今度は多香子と来たい。

「あとお前、皿に料理を盛りすぎだ」

「編集長のために持ってきたんじゃないですか」

「上司の分とはいえ、人の分まで皿にとるのはマナー違反だ。それにお前、なんでパスタとタルトだけとってんだよ。自分の分だけ前菜から一品ずつとるのが原則だ。――まあでも、持ってきてしまったものはしょうがない」宇佐美はさやかが持ってきた皿からイチゴとブルーベリーのタルトを口に運んだ。

さやかはウーロン茶を渡し、「お酒は飲まないでくださいよ」と念のため忠告しておいた。

「わかってるよ」宇佐美はぞんざいに返事をする。

そのとき、目の前をベージュのジャケットを着た年輩の男が通りかかった。宇佐美は突然、体の向きを変え、揉み手をしながらその男に近づいていった。

「あー、山下専務ー、いつもお世話になっておりますー。ｒｉｚの宇佐美でございますー」声が一オクターブ高くなった。

離れていく宇佐美のうしろ姿を眺めた。あんな偏屈な男を好きになる女はいるのだろうか。

絶対いないな。さやかは笑いを噛み殺した。

シャンパンで喉を潤そうと、バーカウンターに目を向けると、赤いドレスを着た女が目に入った。背が高く、ハーフっぽい顔立ちをしていて目立っていたからだ。でもその女と話している男を見て、血の毛が引いた。

和也だ——。

赤いドレスの女と触れそうなほど近い距離で楽しそうに話している。

さやかは他の人に話しかけられても、返事が上の空になった。意識が和也のいる体の左側にいってしまう。

そこに宇佐美が戻ってきた。料理は一品ずつ盛るのがマナーと言ったくせに、皿に目一杯タルトをのせている。

「どうした？　間抜けな顔して」

「いや、あ、あれ」さやかが和也を指差した。

「おっ、あれは、お前を捨てた男か」

「なんでいるんですかね？」

「会社がスポンサーかなにかで、コネでもあるんだろ」

和也の顔が少し赤い。女は和也の肩に手をのせ、グロスで艶々の唇を和也の耳元に寄せる。慇懃に微笑み、何か囁くと和也が笑った。和也とはどういう関係なのだろうか。胸の中がそわそわしてくる。

「あの野郎、調子に乗ってるな……」宇佐美に目をやると、和也をにらみつけていた。

「俺がひとこと言ってきてやる」

宇佐美が和也に向かって行こうとしたので、さやかは咄嗟に止めた。

「いいですよ。そんなの」

宇佐美は舌打ちする。

「ああいうやつはな、一回痛い思いをしないとわかんねえんだ」

納得のいかない顔でタルトとオレンジジュースを同時に口へ運んだ。

しばらくして、和也が女とハグをしてその場を離れた。女が一人になる。なんだかほっとした。いくら別れたとはいえ、他の女といるところなんて見たくない。

気を取られていると、宇佐美はため息をついた。

「もういいだろう、あんなやつ。早く忘れろよ」

「そんなこと言ったって、気になるんですよ」

「お前はもっと上を見ろ。俺レベルのいい男を見つけろって言っただろう」

さやかはため息を返した。いったいその自信はどこから来るんだ。

「編集長って、いつも自信満々に恋愛のことをいろいろ教えてくれますけど、自分はモテるんですか」

「当たり前だろ、そんなの」

「ほんとですかね？」

冗談のつもりで、疑いの目を向けると宇佐美ににらまれた。

「お前、この俺を疑ってるのか」

「別に、そういうわけじゃないですけど……」

さやかは視線を逸らし、持っていたグラスを口に運ぶ。

「そこで見てろ」

「え？」視線を戻すと、宇佐美がいない。あたりを見渡すと、赤いドレスの女へ向かっていくのが目に入った。

あー、何やってんだ。あの人は――。

さやかは慌てて追いかけて、隣のテーブルで他人のふりをした。

「はじめまして」

宇佐美は女の隣に立ち、横から話しかけた。女は少し驚いた顔を見せてから、小さく頭を下げる。

「あっ、はじめまして」

「モデルの方ですか？」宇佐美が真顔で聞く。

「違いますよぉ」女の頬が緩んだ。「知り合いに連れて来てもらったんです」

「申し遅れました。ｒｉｚで編集長をやっております、宇佐美と申します」すかさず内ポケットから名刺入れを取り出す。「おきれいなので、てっきりモデルの方と勘違いしてしまいました。赤いドレスがとてもよくお似合いです。ミュウミュウのバッグもセンスがいい」

「ほんとですか？　ありがとうございます」

宇佐美はスムーズに会話を進めた。女も笑顔で応じている。

女は身長が一七〇センチくらいあったが、それでも背の高い宇佐美が近くに立つと普通に見えた。改めて見ると宇佐美は足が長い。ジャケットのラインがシャープで似合っている。このまま、どこかへ連れていってしまいそうにも見えた。

「ちなみにミュウミュウという名前の由来、ご存じですか？」

「いえ……」

「プラダの三代目、ミウッチャ・プラダが子供のころに呼ばれていたニックネームがミュウミュウなんです」

ああ、やっぱりだめだ。いつものうんちくが始まってしまった。

「そして、あなたのグラスの中で弾けているシャンパンはドン・ペリニヨン、俗に言うドンペリです。フランスのシャンパーニュにある修道院の僧侶だったドン・ペリニヨンは盲目だったと言われています。酒庫番をしていた際に偶然ワインが発泡しているのに気づいたのがシャンパンの起源で……」

宇佐美がオレンジジュース片手に、ドンペリのうんちくを語り続けた。女の顔が引きつっていく。

「……ドン・ペリニヨンのシャンパンの泡一つ一つに、そんな意味が込められているのではないでしょうか」

そこに和也が帰ってきた。満足気な宇佐美の顔を見て目を丸くする。さやかは知らないグループの輪に紛れて身を隠した。

和也と宇佐美が何やら話しているようだ。二人とも目が笑ってない。

宇佐美は和也の服を上から下まで眺め、バカにした笑みを浮かべた。自分のジャケットの裏地を見せながら何か言っている。

和也の目が吊り上がった。

宇佐美がオレンジジュースを飲んでいるのを指摘したようだ。和也が大きな口を開けて笑っている。赤いドレスの女も手で口を隠して笑った。

宇佐美の眉間に皺が寄り、こめかみのあたりが赤くなった。近くを通るウェイターからおもむろにシャンパンを取り上げる。

まずい、宇佐美は酒が飲めない。

飲んじゃだめ――。

さやかは心の中で叫ぶ。

宇佐美はシャンパンを一気に飲み干し、膝から崩れた。

*

さやかは宇佐美を支えて会場を出た。

和也とは目が合ったが、言葉は交わさなかった。

エレベーターの前には人だかりができている。乗るにはかなり時間がかかりそうだ。しかも宇佐美が「気持ち悪い」と苦しそうに口にする。

早く外に出したほうがいい。さやかは階段で下りることにした。

右手で宇佐美を支え、左手で手すりを掴み、一段ずつ確かめるように下りた。柔らかい絨毯が敷いてあるせいで、ヒールに力が入りづらい。少しでもバランスを崩すと転げ落ちそうだ。しかも意識が薄れたのか、しだいに宇佐美の体が重くなってきた。

「しっかり歩いてください」声をかけたが反応がない。肩にかけたハンドバッグがずり落ちてきた。膝が震え始め、指先の感覚がなくなっていく。もう限界だ。

次の瞬間、宇佐美が軽くなる。右側から誰かが支えてくれたようだ。横目に和也の横顔が見えた。

「来ないで」と言いたかった。でも、そんな余裕はなかった。

和也は「バッグ落ちるぞ」とだけ言って、宇佐美を脇から支えてゆっくりと階段を下りた。スーツに皺をつくり、首には血管を浮き立たせている。

なんとかエントランスまで連れ出すと、ドアマンが扉を開き、全身に夜風が吹きつけた。一瞬で日常に戻される。

ロータリーに停まっていたタクシーに宇佐美を乗せようとしたとき、ハンドバッグを落としてしまい、中身が地面に散らばった。一本のリップが和也の足元に転がる。

それを拾った和也が目の前に差し出した。

「ありがとう。もう平気だから……」

リップを受け取った瞬間、和也に手首を引かれ、体ごと引き寄せられた。背中と腰に手がまわる。

「さやか、会いたかった」

和也は風が吹く方向に背中を向け、腕の力を強めた。

「やめて。わたしたち、もう終わったでしょう」

「じゃあ、二人きりになれるところへ行って、少し話さないか。俺たち、中途半端になってただろう。今後のことを話そう」

「行かない」さやかはお腹に力を入れて言った。そうしてないと、閉じ込めていた想いが溢れてしまいそうだった。

「ちょっとぉ、和也何やってんのよぉ」

そこに赤いドレスの女がエントランスのほうから向かってくる。和也は咄嗟に手を離した。女はさやかが目に入ると、クラッチバッグを持った手を和也の腰に回した。

「和也、誰なの、この人?」

「前の彼女だけど」和也は躊躇なく言った。

「ああ、この人が……」

女は和也に腕を絡ませてから、小さく頭を下げ、同性を品定めする目を向けた。

「みんな待ってるわよ」

道の先には和也の仲間と思われる男女のグループが騒いでいる。

「ねえ、早く行こう」

「ああ……」

和也は女に手を引かれ、さやかに視線を残しながら去っていった。

この人のことは早く忘れたほうがいい。暗闇に消えていく和也を見て思った。


「うっ、うう…」

タクシーに乗ると、宇佐美が苦しそうな顔でうめいている。酔って倒れたことをすっかり忘れていた。家まで送っていこうと思ったが住所がわからない。多香子に電話をしても、つながらなかった。

しかたなく宇佐美のバッグを開いた。パスケースを取り出すと、日焼けサロンの会員証と一緒に免許証が入っていた。そんなに遠い場所でなくてよかった。

金曜日の六本木は混んでいた。タクシーは裏道を通ったが、外国人が道を占拠しクラクションを鳴らすまで、その場を動かない。宇佐美が苦しそうだったので、持っていたペットボトルの水を飲ませた。

どうして宇佐美はレセプションパーティーに連れて来たんだろう。普通に考えたらファッション班のメンバーを連れて来るべきだ。もしかして、和也と別れて落ち込んでいたから元気づけようとしてくれたのか。

「まさかね」さやかは窓ガラスに映る自分に向かって、ひとりつぶやく。

麻布に抜けたあとは六本木の喧騒が嘘のように道は空いていて、すぐに住所の場所に着いた。

「着きましたよー」さやかが宇佐美の肩を揺らす。

「あぁ」

完全に酔っ払いの返事だ。

「編集長の家、ここでいいんですよね」

宇佐美は目を閉じたままうなずいた。

そのマンションは想像していたよりも、かなり質素だった。切れかかった蛍光灯が放置されていて、エレベーターの扉が開くとチーンという音がした。宇佐美のことだからこれ見よがしなタワーマンションの最上階にでも住んでいると思った。

宇佐美の部屋がある七階に着く。数メートル向こうには別のマンションが建っていて、排気ガスを含んだ隙間風が通路を吹き抜ける。薄いドレスにカーディガンを羽織っただけだから、寒さが身体に染みた。

「うっ……黒木……」チャイムのボタンに指を立てると、宇佐美が声を絞り出した。

「どうしたんですか？」

「……お前に言いたかったことがある……」

突然、肩を掴まれた。

宇佐美だって男だ。もしかしたら家に入った瞬間、押し倒されるかもしれない。咄嗟に身構えた。

「いいか黒木……。ドンペリニヨンはな……、うっ、うう……」つらそうにうめく姿を見て、何もできないだろうなと思った。

手ぐしで髪を整えチャイムを押した。誰か出てきたら、どう挨拶するか考えた。

——誰も出てこない。死にそうな顔をした宇佐美が、ポケットからボッテガ・ヴェネタのキーケースを取り出した。

「おじゃましまーす」さやかは鍵を開け小声で言った。ライトをつける。飾り気のない殺風景な玄関だった。四十代の一人暮らしというものを見たことがないので、どういう感想を持てばいいかわからなかった。

宇佐美を玄関に座らせ、ペットボトルの水を持たせる。

「帰りますからね」

返事はなかった。もう充分だ。遅くなったし帰ろう。さやかは玄関を出たところで、ふう、と一つ息を吐いた。

ゴン。ドアの向こうから鈍い音がした。

あーもう。さやかはため息をつき、もう一度ドアを開けた。宇佐美が玄関に突っ伏している。

しょうがないなあ。玄関にあがり宇佐美の体を起こした。ものすごく重い。次は温泉に行く企画をやらせてもらおう。ここまでしたんだからそれぐらい要求したってい い。

廊下の明かりを頼りに、引きずりながら部屋の中へと運んだ。やっとの思いでソファーに寝かせようとしたとき、硬いものが床に落ちた音がした。何かを倒したようだ。

部屋の電気をつけた。床に転がっていたのは化粧水のビンだった。少し減っていて、使った跡がある。

机の上に戻すと、ｒｉｚの原稿が目に入った。その化粧水の広告記事が赤ペンで添削してある。宇佐美が営業をかけて最近クライアントになったメーカーのものだった。きっと広告のために実際に化粧水を使ったのだろう。

見えないところでいろいろなものと闘っているのだ。そんなことに今さら気づいた。

宇佐美の無防備な寝顔に目をやる。普通の四十代だった。まばらに混じる数本の白髪と、目を閉じても残る目尻の皺を見て、深夜に一人残り、デスクで原稿に向かう姿を想った。

さやかは近くにあったタオルケットを宇佐美にかけた。

★

川村製薬のタイアップ広告はようやくデザイン案が固まった。

元々は先輩であるユウコの案件だったが、自分から引き継ぐと申し出た。広告であってもrizの一部として、納得のいくタイアップページに仕上げたい。というのが理由の半分で、もう半分は祐一に会いたかったからだ。

今日は前回と違って体調がいい。化粧ののりもいいから、黒木さん食事でもいきませんか、なんてことがあるかもしれない。電車の中で頬が緩んでしまった。

川村製薬のロビーに着くと、祐一が立ち上がって頭を下げた。

一か月ぶりに見る祐一は、やっぱりよかった。ネクタイをきっちり締め、ブレザー風の紺のジャケットにグレーのパンツが似合っている。

よだれのことを謝ろうと思ったが、隣に祐一の同僚がいたのでやめておいた。祐一が「先輩」と呼ぶ男は三十代前半くらいで、肩にかかるほどの長髪だった。

　会議室に現れた栗原美里はデザイン案に目を通した。さやかがコンセプトを説明し終わると、赤ペンを持った手元が動いた。

「これだと、ちょっと軽いというか、力がないというか」

　メインのコピーが気に入らないらしい。棘のある口調で続ける。

「我々は独自の技術で新しいヒアルロン酸の抽出に成功したんです。なので、それを訴求していただかないと」

「でも、難しい物質名を出してもわからないと思うんです。三十代が必死に年齢にあらがう本格化粧品だったらまだしも、この商品は二十代の女性がコンビニでパスタとあわせて買うような商品じゃないですか。であれば親しみやすい言葉のほうが読者に刺さると思うんです」

　このタイアップ広告のデザイン案は三回リテイクをした。いいものができたという自負もあった。気持ちが入ってしまい、つい二十代の代表のような言い方をしてしまう。

「仮にそうだとしても、部長が開発部門出身なので、おそらく今のままだと社内の了承がもらえません」

社内の事情を持ち出されてしまったら、どうしようもない。やっぱりタイアップ広告はストレスがたまる。

「じゃあ、こうしましょう」祐一の先輩が髪を掻きあげ、口を開いた。「今回はコピーを川村製薬さんに考えてもらって、次回以降はコピーも含めてラフ案の段階で確認してもらうというスキームに変更しませんか」

コピーはクライアントが考えることじゃないでしょう。さやかは心の中で舌打ちした。栗原美里も腑に落ちない顔をしている。重い空気が流れた。

「では、川村製薬さんに一度持ち帰ってもらうのはどうでしょう?」祐一が言った。

「でもスケジュールが……」栗原美里が弱々しい声を出した。「部長は今週いっぱい海外出張で、来週まで確認がとれないんです」

「一週間くらいだったらうちで吸収できます」

祐一がそう言うと、先輩が怪訝そうな顔をしたが、そのまま続けた。

「黒木さんは念のため、ヒアルロン酸を使ったコピーを用意しておいてください。栗原さんは来週の月曜日、山中部長に広告のコンセプトとコピーの原案を説明していただいて、もしNGが出たらr:izさんにあらかじめ用意しておいていただいたヒアルロン酸を使ったコピーに差し替える。それでいきませんか」

栗原美里がうなずいた。ｒｉｚとしても問題ない。祐一のおかげで双方に角が立たないかたちにまとまり、会議室の緊張が解けた。

デザイン案に関しては他に指摘がなかった。あとはコピーを変えて入稿するだけだ。付録の保湿シートは、祐一の会社の委託先でパッケージングしてから、製本工場に送られ二か月先のｒｉｚに挟まれる。

広告がいいものに仕上がりそうでよかった。ただ、川村製薬に来るのは今日が最後になる。つまり祐一と会うのも最後だ。でも祐一は川村製薬を担当している営業だから、これからも栗原美里と顔を会わせる。さやかは見えないようにため息をついた。


「じゃあ、俺はここで」

打ち合わせが終わりロビーに降りてきたところで、祐一の先輩が言った。このあと川村製薬の別の部署で打ち合わせがあるらしい。

先輩を見送ったあと祐一が振り返った。

「黒木さんって、このあと時間あります？」

「えっ、はい。ありますけど……」

「よかったら、ランチでもいかがですか？」

「いいですね、ぜひ」

きたーっ。祐一は二人きりになってからランチに誘った。きっと今日が最後になるのを見越して誘ったんだ。さやかは気分が昂ぶった。

「もうすぐ栗原さんがいらっしゃるんで、ここで待ちましょうか」

なんだ、あの子も一緒か――。さやかが肩を落とすと、栗原美里がエレベーターから降りてきた。さやかの姿が目に入ってから、一瞬「え、いるの？」という顔をした。

もちろん祐一は女二人が考えていることなんて察するはずもなく、「行きましょうか」と屈託なく笑うだけだった。

三人でビルの地下にある定食屋に入った。まだ十二時前だったので、スーツを着たおじさんがぽつぽつと座っているだけで、店の中は空いている。

パンプスを履いていた栗原美里は掘りごたつの座席を選んだ。さやかはブーツだったので、脱ぐのに手間取った。

祐一の隣に座った栗原美里は川村製薬の社員からすっかり女子の目になった。食事が運ばれると、すかさず小皿に醤油を注いで、気をつかえる女をアピールする。

祐一は、そんな栗原美里に応じながら、ほっけの定食をきれいに食べていた。箸づかいが上手で、細い指に見入ってしまう。きっと育ちがいいのだろう。言葉づかいも妙に丁寧だ。

「柏木さんっておいくつなんですか？」

食事をほとんど残した栗原美里は、祐一のお茶を注ぎ足しながら聞いた。

「僕ですか？　二十七ですけど」

やっぱり祐一は年下か。しかも二つも。年上の女は恋愛対象か、付き合っている人はいるのだろうか、聞きたかったが聞くタイミングじゃない。

「付き合ってる人はいるんですか？」栗原美里が躊躇なく聞いた。

えっ、今それ聞いちゃう？　心拍数が上がる。

「残念ながら、いないんです。最近別れたばかりなんですよ」

「えー、本当ですかぁ？　そうやって女の子をとっかえひっかえしてるんじゃないんですかぁ」

「そんなことないですよ」祐一は照れ笑いをする。

彼女がいないことがわかってよかった。でも祐一が栗原美里のペースに引き込まれそうだったので胸の中は落ち着かない。

「栗原さんはおいくつなんですか?」祐一が聞き返した。

「いくつに見えます?」栗原美里は上目づかいをして、ぱたぱたと瞬きをする。

合コンか。さやかは口の中で毒づいた。

「えーっと、二十四くらいですか?」

「やだ、もうっ」頬を膨らませた栗原美里が祐一の腿を叩くように触る。

でたっ、ボディタッチ。見ているこっちが恥ずかしくなってきた。

「今二十五なんです。どうせ、もうおばさんです」

絶対そんなことは思っていない顔だ。

「一番いいときじゃないですか、栗原さんがウチの会社に来たら間違いなくアイドルですよ」祐一が話を合わせる。

そうだ。祐一だって三十女より若い子のほうが好きに決まっている。それに、栗原美里のキャラクターのせいか、会議のときとは違う、自然な笑顔を浮かべるようになった。結局、ああいう演技をできる女が、いい男を捕まえていくのかもしれない。

そんなことを考えていたら、つい箸を落としてしまった。慌てて掘りごたつの下に手を伸ばし、テーブルの向こう側を見て焦った。栗原美里が掘りごたつの中で足を開き、祐一の小指に小指をつけて、もぞもぞさせていたのだ。しかもこっちに見せるように。

そこまでやる――。さやかは動揺を悟られないように、奥歯に力を入れてから顔を上げた。

すると今度は無邪気な声で、「黒木さんは、おいくつなんですか?」と突然、話を振ってきた。

さやかが戸惑っていると、祐一が「僕と同い年くらいですか?」と聞いた。

打ち合わせでの発言もあり、つい「まあ……、はい」と答えてしまう。

「そうなんですね」栗原美里はまじまじとさやかの顔を見た。二十七じゃねえだろ。そう言われているような気がした。

何言ってるんだ、わたしは。もうすぐ三十になるって正直に言えばいいのに。自分がいやになってきた。


「柏木さん、このあとウェブサイトの件で三十分だけ時間もらえませんか」

定食屋を出ると栗原美里が祐一に向かって言った。

これからまた打ち合わせをするらしい。祐一と電車が一緒になるのを期待していただけに、ショックだった。

それにしても祐一は仕事を抱えすぎだ。脇で話を聞いていただけだが、川村製薬のプロモーションをほとんど一人で対応しているように見える。

「じゃあ、ここで」栗原美里はさやかを一瞥して、祐一と歩いていった。

はあー。これで、もう会うことはなくなってしまった。エスカレーターの手前で祐一が振り返ってくれたのがせめてもの救いだ。

朝から気を張りつめていたせいか、一人になると急に疲れを感じた。さやかは定食屋の並びにあるカフェで休憩することにした。

ソファーにもたれ、カップに口をつけると、隣から聞き覚えのある声がした。

「いやあ、もう柏木のおかげでばっちりですよ」

横目で隣の男を見て思わず顔を伏せた。打ち合わせに同席していた祐一の先輩だった。赤いストローでアイスコーヒーをかき混ぜながら、誰かと電話をしている。

「例のタイアップ、やっぱり親の力が半端ないっすね。ええ……、そうそう……、見積もりなんてスルーですよスルー。イケメンだから女の担当者も言いなり。俺もああいうふうに生まれてきたかったなあ」

どうやら祐一のことを言ってるようだった。

電話を切ったあと、男と目が合ってしまった。会釈をすると、「さっきはどうも」

と遠慮なく話しかけてきた。

「そういえば、宝文社さんって担当の方、代わったんですか」

「ええ。そうなんです。先月からわたしが担当になりました」

「じゃあ、もう三浦さんは来ないんですか？　三浦多香子さん」

「来ませんけど……」

さやかは戸惑いながら答えた。多香子が川村製薬を担当してたなんて知らなかった。

「いやあ、見てみたかったな、三浦さん」

どうして？　という顔をすると、その先輩は小声になった。

「知らないんですか、黒木さん。川村製薬の前の担当者と不倫してた話。揉めちゃって大変だったんだから。裁判沙汰になったらしいっすよ」

えっ、多香子が不倫してた？　そういえば既婚者によく誘われるって言ってた。いつも着けているメンズの腕時計はその人からもらったものだったりして——。いやいや、そんなこと考えたくない。

「それにしてもクライアントと不倫して問題起こすとはね」男は髪を掻き上げて、ストローの音を立てる。

なんなのこいつ。気分が悪い。

さやかは適当に愛想笑いをしてその場を去った。

＊

その日は札幌への日帰り出張だった。

イベント会場を下見するついでに書店を回っていたら、空港に着くのが遅くなり、羽田行きの最終便はすでに搭乗時間が終わろうとしていた。

にもかかわらず、レイバンのサングラスをかけた宇佐美は、通路の真ん中をゆったりと歩いている。サッカー選手にでもなったつもりか、右手で転がすスーツケースはヴィトンのダミエで、日帰り出張にもかかわらず人が入れそうなほど大きい。

窓際のシートに座ると、サングラスからメタルフレームの眼鏡にかけ替えた。世界を股にかけるビジネスマン、そんな演出をしたいのか、わざとらしく英字新聞を広げる。

さやかはシートベルトを締めたあと、スケジュールを確認するために手帳を開いた。

ｒｉｚに異動してから、すでに三か月が過ぎようとしている。つまり、あと三か月のうちに誰かと出会って結婚しなければならない。それなのに手帳は平日ばかり文字が埋まり、休日の空白が目立つ。祐一との出会いも結局うまくいかなかった。途方に暮れてシートにもたれた。

「悪かったな、この前は」宇佐美が新聞に目を向けたまま言った。

パーティーのあとのことを言ってるんだろう。苦労して宇佐美を運んだんだ。企画の条件を緩めてもらうチャンスかもしれない。

「あのう、もう少し時間をもらえませんか。半年以内に結婚するってやつ」

「だめに決まってるだろう」

「あと三か月で誰かと知り合って結婚なんて無理ですよ……。いいじゃないんですか。編集長を運ぶの大変だったんですよ」

宇佐美は新聞をめくり、中指で眼鏡の位置を直す。

「じゃあ、今日は特別に、確実に結婚できる方法を教えてやろう」

「確実に結婚できる方法ですか？」

「ああ」

「なんですか、その方法って」さやかは手帳を閉じて、宇佐美に体を向けた。

「男に囲まれておくことだ」

「どういう意味ですか、それ？」

「出会いを増やして、複数の男に言い寄られてるくらいの環境をつくっておけ。そうすれば自信も持てるだろ」

「いやですよ、そんなの」つい大きな声を出してしまう。「わたしは大勢の人にモテたいんじゃなくて、本当に好きな人と結ばれたいんです」小声に戻して抗議した。

宇佐美はさやかを一瞥してから、「本当に好きな人ってなんだ?」と投げやりに聞いた。

「それは、あれですよ。本当に好きな人っていうのは、なんていうか、こう……、これ以上自分と合う人はいないんじゃないかって思える、運命を感じる人です」

「そいつとは、どうやって出会うんだ」

「それは……」さやかは言葉に詰まった。

「いいか、一人や二人に出会ったところで、いい男に出会えるわけないだろ。本当に自分に合う男を見つけたいなら、出会う男の数を増やせ。すれ違った男は全員自分に惚れさせるくらいのつもりでいればいいんだ」

また無茶なことを言っている。さやかは返事をしなかった。

「だいたい、男の趣味なんて人それぞれなんだ。派手な女が好きなやつもいれば、地味な女が好きってやつもいる。だから出会いを増やせば、お前みたいな女を評価する変わり者にもいつか出会える」

「そんなこと言ったって、そもそも出会いがないから困ってるんですよ」

変わり者はあんたでしょう。その言葉が口から出てしまうのを抑えてから言い返した。

「だったら自分から声をかけろ」

「無理です。ナンパなんて」

「あほか、そんなんじゃねえよ。仕事でも飲み会でも誘われるのを待つんじゃなく、自分から話しかけてきっかけをつくるんだ」

「えー」さやかは顔をしかめた。「なんでわたしがそんなことしなきゃいけないんですか」

宇佐美は舌打ちして、胸ポケットからペンを取り出した。「TIFFANY」の文字をさやかに見える向きに持ち替えてから、英字新聞の隅に何かを書き始めた。

「前にコーチの話をしただろ。空いてる市場を見つけるって」

さやかはうなずく。

「お前が黙っててもアプローチしてくる男っていうのは、他の女にも接点をつくれる男ってことだ。そういう男は浮気をしやすいし、他の女という選択肢があるから、気

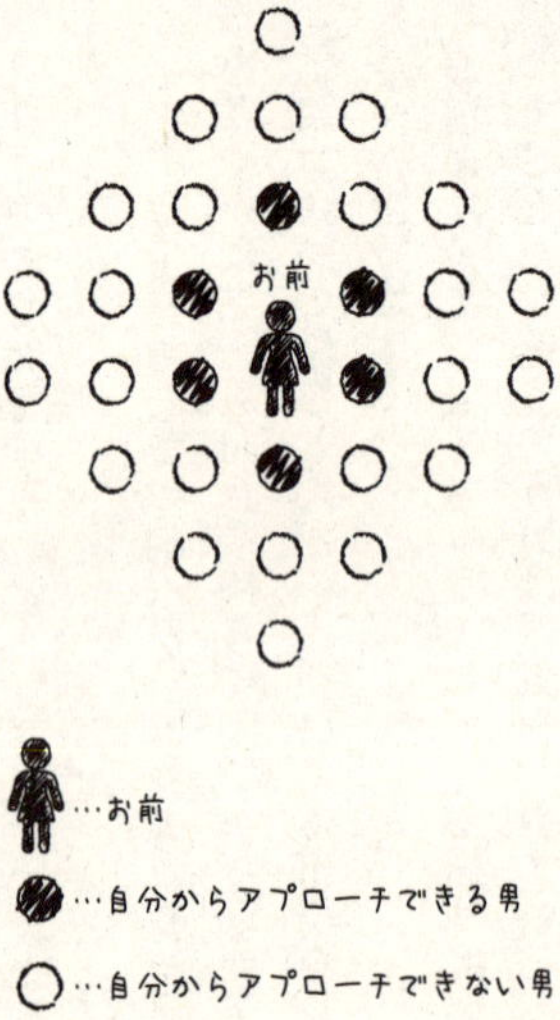

持ちが移る可能性が高い」宇佐美はペンを胸のポケットにしまった。
「でも、そいつらのうしろにはスペックが高くても、女がいない男っていうのが大勢いる」
「どうしてですか？」
「男の立場になって考えてみろ。基本的に女は受け身で、男に誘われるのを待つだろ。つまり男の恋愛に最も求められる能力は行動力。自分から誘えない男には何も起こらないってことだ。それなのに恋愛に行動を起こさない男は増える一方。だからスペックが高くても女がいないやつは大勢いる」

それはわかる気がした。学生時代、顔も性格もいいのに、消極的で彼女ができないクラスメイトがいた。その一方で見た目はたいしたことなくてもガツガツしてモテる男がいた。

「だからお前はそういう男を引っ張り出すために、最初のひとことでいいから話しかけて、相手の射程距離に入ってやれ。そうすれば女にアプローチできない男でも、誘いやすくなる」

「わかりますけど……、そんなことやってる子いませんよ」

「だからこそ、やる意味があるんだろ」

「そんなこと言ったって……」

「お前、ティファニーがどうやって成長したか知ってんのか」

さやかが首を傾げると、宇佐美はシャツの袖のボタンをはずし、手首を振るようにして、わざとらしく腕時計の位置を直す。ロレックスだった。文字盤にはティファニーのロゴも見えた。きっと珍しいもので、自慢したいんだろう。

「ティファニーはな、戦争を利用したんだ」

「戦争ですか？」

「ああ。普通に考えたら、ブランドビジネスって戦争に弱いだろ。戦争中に贅沢品は売れないし、店舗は暴徒に襲われる」

「たしかにそうですね……」

「でもな、ティファニーはフランス革命のとき、貴族から貴金属を買い取ってアメリカで売って儲けたし、南北戦争のときは剣や銃を輸入して国に納めていたから、店を軍に守ってもらえた。戦時中はけが人が増えるから手術道具なんかも提供したんだ」

「なんか、ちゃっかりした会社なんですね」

「そうだ。ティファニーは戦争が起きたからといって、ただ悲嘆に暮れるだけじゃなかった。その時代に合わせた対策を打ったんだ」

宇佐美はシャツのボタンをはずし、暑いといったしぐさで襟元をパタパタと揺らした。今度はティファニーのペンダントが見えた。

「男が消極的で誘ってこない時代だからこそ、自分から仕掛けることに意味がある。環境の変化に対応できるものが勝ち残る。それが世の常だ」

そのときシートベルトのランプが消えた。飛行機は雲を抜け、藍色の空が窓を埋める。

「でも、わたし本で読んだんですけど、男は追いかけたい動物だから、自分から話しかけるなって書いてありました」

「どんな本だ」

「世界的にベストセラーになった恋愛指南の本です」

「それって、外国の本だろ」

「そうですけど」

「お前、ここは日本だぞ。欧米と違って、もともと知らない人に話しかける文化がないんだ。話しかけて恥をかくくらいなら、話しかけないほうがいいって考えるのが日本人だ」

たしかにイタリアに旅行に行ったとき、電車で隣に座ったイタリア人がしつこく話しかけてきて、ホテルまでついてこられそうになったことがある。日本人にない必死さがあった。

「じゃあ、なんて話しかければいいんですか？」

「そんなの、なんでもいいだろ」

「わたし知らない人に話しかけるの苦手なんですよ」さやかは膝にかけたブランケットの端をなぞる。

「しょうがねえな」宇佐美は内ポケットに手を入れ、何か光ったものを取り出した。

ラインストーンがちりばめてあるフリスクケースだった。

さやかが手を開くと、宇佐美はそれを軽く振る。手のひらに白い粒が二つ落ちてきた。

「話しかけるのが苦手だったら、こうやってフリスクでもやって、きっかけを掴めばいい」

フリスクなんかできっかけが掴めるのか？　さやかは首を傾げながら、それを口に運んだ。

「まあ、海外生活が長かった俺は、こんなことをする必要はないんだが」ポケットにフリスクケースを戻した宇佐美は、再び英字新聞に目を戻した。

しばらくして黒髪をアップにしたCAさんがカートを押してこちらに向かってきた。出発まで時間がなかったのでお茶をする暇もなかった。喉を潤したかったのでウーロン茶を頼んだ。

「編集長も何かいります？」

さやかが尋ねると宇佐美は英字新聞を畳み、ゆっくりうなずいた。メガネをはずし、そのCAさんに目を合わせて言った。

「エクスキューズミー」

Ｃ Ａさんは目を丸くした。

「ミネラウ、ワラー」

宇佐美はなぜか巻き舌で注文する。

あのう、あなたが今乗ってるのは国際線じゃありませんよ、札幌から羽田に向かうスカイマークですよ。

宇佐美は満足そうな顔で紙コップを傾けた。

8

さやかはこの一か月を出会いの修行期間と決めて、週末は男子が混ざったイベントになるべく参加することにした。

多香子にその話をすると、「わたしもやる」と目を輝かせ、合コンらしきものを毎週開いてくれた。

公務員か銀行勤務の安定した男をリクエストしたが、多香子が連れて来るのは、芸能人と仕事したことを自慢してくるマスコミ勤務の男や、テンションだけやたら高く、やたらと飲ませたがる軽薄な男で、もう五回くらい、そんなことを繰り返したが、「これだ」と思える人には出会えなかった。

でも収穫がないわけではなかった、宇佐美に言われたとおり自分から話しかけたら、思いがけないほど、連絡先を聞かれるようになった。二十九歳でもまだまだいける、そう思えるようになった。

そして今日、カフェでユリと多香子と待ち合わせをしている。

合コンを開くことにしたのだ。というより合コンを開かざるを得なかった。多香子に「あんたも誰か紹介してよ」とプレッシャーをかけられたからだ。

相手は学生時代に同じクラスで、ラグビー部だった健太郎に集めてもらった。

健太郎は女子にシュークリームを配るふりをして、さやかにだけカラシ入りのシュークリームを渡したことがある。

お返しをしないと気が済まなかったので、「フランス文学論」のテスト前に「ドイツ文学論」のノートを健太郎に渡した。全く授業に出ていなかった健太郎はフランス語の問題を全てドイツ語で解答し単位を落とした。要するに腐れ縁なのだ。

そんな健太郎も今はＩＴ企業の営業をやっていて、さやかと同い年にもかかわらず、すでにマネージャーという肩書を持っている。

数年前、週刊エッジで健太郎に取材させてもらったことがあり、向こうは事あるごとにそれを口実にして、女を紹介しろと言ってきた。面倒だから聞き流していた。今回、「やってあげてもいいよ」とメールを返すと、健太郎は「若い子をお願いします」と言ってきた。

仕方ないので後輩であるユリを誘うと、「えーっ、合コンですかあ……。飲み会ならいいですけどぉ」と語尾を伸ばした。

「同じだろ」と言いたかったが「飲み会みたいなもんだから」と説得した。

合コンの幹事は面倒だ。

「すいませーん、遅くなっちゃって」

ユリが待ち合わせのカフェに入ってきた。ヘアスプレーの匂いが広がり、仕事が終わってから、髪をセットしたのがすぐわかった。

多香子はプロのようなメイクを施し、ユリと同じくらい若く見える。もう少し気合い入れてきたほうがよかったかな。心の隅で思った。

健太郎に指定された店はキリスト像が飾ってありながら、ブリ大根が出てくるような、なんでもありのダイニングバーだった。店員がやたら馴れ馴れしい。肌荒れが目立たないように暗い店を予約したかったが、健太郎が自分で予約すると言い張った。店長が知り合いで、いろいろ融通が利くらしい。

「さやか遅えよ」

さやかたちが席につくと、健太郎はビールのジョッキを持って言った。

健太郎と同い年くらいのメンバーがすでに揃っていた。可もなく不可もなくといったルックスだ。今日も何もなさそうだ。

「なんか最近、俺モテてさあ」自己紹介が終わったところで健太郎が言い出した。

「俺も俺も」男の一人が続く。

健太郎が言うには、精神的にも経済的にも余裕が出てくるから、三十歳を過ぎたあたりから男はモテるらしい。

女は二十代の前半が華だった。当時はひっきりなしにデートの誘いがあったし、よくナンパもされた。同い年の男がやたら子供に見えた。

でも、そこからは下降線だ。男友達からおっさん扱いされ、会社の上司に飲みに誘われるのも「お前はここでいいだろう」と居酒屋になった。男の二十九歳と女の二十九歳では、一日の重みが全く違うのだ。

「ユリちゃん今度バーベキュー行こうよ」

健太郎はさやかに背中を向け、必死にユリと会話をしていた。

「うちの子に変なことしないでよ。ユリは大切な後輩なんだから」さやかはわざとおばさんのような言い方をした。

「そんなの俺の勝手だろう」健太郎が言い返す。

「ユリちゃん、このおじさんには気をつけなよ。モテたくて女の子の多い文学部に入って、ラグビー部とテニスサークルを掛け持ちしてた男だからね」

みながどっと沸いた。残り少ない二十代の時間が楽しく進んでくれたことが、なんだかうれしかった。

ただ、健太郎は会の最中に、たびたび席をはずした。店の人と話したり、電話をかけたりして落ち着かなかった。

「さやか、悪い。実は男がもう一人くるから」

席に戻ってきた健太郎が携帯電話をしまいながら言った。

「え、そうなの？　まあいいけど」

さやかは手のひらを顔にあてた。きっと頬が赤くなっている。メイクを直そうか——。まあいいや。次に来る人にもそんなに期待をしていなかった。

「お、来た来た」健太郎がさやかの肩を叩く。「よく一緒に仕事してる広告代理店の柏木」

「あ」さやかは持っていた枝豆を落とした。

目の前にいたのは祐一だった。さやかの顔を見て、同じく「あ」という顔をしてから「どうも」と照れくさそうに笑う。まさかこんなところで再会するなんて思ってもみなかった。もっと顔が赤くなった気がする。

「えっ、何、知り合いなの？」と健太郎。

「うん、まあ……」

祐一がいきさつを説明した。

「じゃあ祐一、さやかの隣に座れよ。こいつは昔から男運が悪いから、お前が幸せにしてやってくれ」健太郎が軽口を叩く。

祐一は笑顔のまま、さやかの隣に腰を下ろした。酒で赤らんだ顔を見せるのが恥ずかしくて、横を向けなかった。

グラスを受け取った祐一は白ワインを静かに飲んでいる。会話に混ざろうとはせず、二人の間に沈黙が流れた。

なんとかして距離を縮めたい。「自分から話しかけろ」宇佐美の言ったことを思い出す。でも、何を話そう。「こんばんは」はおかしいし、「元気だった？」は馴れ馴れしい。

横顔をじっと見つめていたせいか、視線を感じた祐一がこっちを見た。「ん？」という顔で言葉を待っている。

「あ、えっと……」

まずい。考えがまとまらないうちに、話しかけるタイミングになってしまった。何か話さなければ。でも言葉が思いつかない。

「柏木さんって、一人暮らしですか？」咄嗟に口にしたのがそれだった。

「はい？」祐一が目を丸くする。

ああ、わたしは何を言ってるんだ。それを聞いてどうしようというのだ。自分でも意味がわからない。

ふと、祐一の着ているスーツに目がいく。祐一はいつもパリッとしたスーツを着ている。あ、そうだ。ヨダレのことを謝ってなかった。

「そういえば、スーツは平気でした？」

「えっ、スーツ？」

「わたし電車で寝ちゃったから……」

「ああ、あのとき」祐一がグラスを置く。「あまりに気持ちよさそうに寝てるんで、起こすのが申し訳なくて」

「本当にすみませんでした。ずっと謝ろうと思ってたんですけど、機会がなくて」

「いいですよ。気にしないでください」祐一が笑顔を見せる。

なんとか会話が進んでよかった。ほっとして肩の力が抜けた。

「みんなは職場の人？」祐一は多香子とユリを見て言った。

「うん。二人とも出版社の同僚なの」

「同期？」サラダに箸を伸ばしながら祐一が何気なく聞いた。

その言葉を聞いて、大切なことを思い出した。

わたし、さばを読んでたんだ——。

栗原美里の前で二十七歳と変な見栄を張ってしまった。多香子や健太郎と同い年ということが伝われば、嘘がばれてしまう。

「えっ、ま、まあ……、そんなとこ」震えた声で答えた。

それからは気が気でなかった。年齢の話が出たらどうしようと、びくびくしながらグラスを傾けた。

「祐一、お前も飲めよ」

酔っ払った健太郎が祐一の肩に手をのせワインを注ぎ足す。

歳の話はするなよー。さやかは健太郎に念を送った。
健太郎はバカ話をして、下品な笑い方をするだけで、さやかと大学の同級生という
ことも、ユリだけ年下であることも口にしなかった。さやかは胸を撫でおろした。
しばらくして、店員がラストオーダーを取りにくる。
結局、祐一とはぎこちない会話を少ししただけだった。このままだと再会を無駄に
することになる。でも、会話のきっかけがつかめない。手持ち無沙汰でついグラスを
口に運んでしまったせいで、アルコールがまわり頭がうまく働かない。
こうなったら、宇佐美に教えてもらったあの手を使うしかない。
「フリスクいります？」さやかはバッグからフリスクを取り出した。
「あ、すみません」
祐一が目の前で手を開いた。意中の人にフリスクを渡すのは思いのほか緊張した。
力を入れてないと手が震えそうだ。
軽く振ったが、フリスクは出てこなかった。中で固まっているのだろうか、何度か
振っても出てこなかった。
やばい。このままだと古いフリスクをバッグに入れっぱなしにしている、だらしな
い女だと思われてしまう。祐一はずっと手を広げたままだ。二人の間に気まずい空気

が流れる。

「あれっ、おかしいな」さやかは笑ってごまかしたあと、振りかぶるようにしてフリスクを強く振った。

次の瞬間、ケースから白い粒が大量にこぼれ落ちた。そのうち一粒が勢い余って祐一の太ももの間にはさまる。頭が真っ白になり、それを拾おうとした。同じことを考えたのか、祐一もフリスクを拾おうとして手を伸ばし、股間のあたりで祐一の手を握ってしまう。

恐る恐る祐一の顔を見た。口を開けたまま固まっている。思いのほか祐一の顔が近い。キスをせがんでいるような距離だ。傍から見たら相当おかしなことになっている。どういう顔をしていいかわからなかった。

そのとき、突然店の電気が消え、音楽が止まった。店全体がすうっと静まる。

――午前零時を過ぎたら、一番に届けよう　HAPPY　BIRTHDAY
ドリカムのバースデーソングが流れる。慌てて祐一から手を離し、健太郎に目をやった。吹き出すのをこらえた顔をしている。一週間後に、三十歳の誕生日を迎えることを思い出した。酔いと血の気が一気に引き、背中に汗が流れた。

店員が手拍子しながら近づいてくる。

「やめてくれー」さやかは心の中で悲鳴をあげた。

「さやかさんが三十歳の誕生日を迎えましたあ」店員が大声を出す。店中の人が一斉に振り返った。健太郎がげらげら笑っている。多香子は苦笑いしていた。祐一の顔は怖くて見れなかった。

ユリは「わあ、素敵。さやかさんっていいお友達をお持ちなんですね」と本気で言っていた。

ケーキには丁寧に三十本のろうそくが刺さっていて、プレートには「独身三十路おめでとう」と書いてある。

健太郎のやつ——。唇を噛みしめたあと、ほとんど炎の塊と化したろうそくたちを吹き消した。

店にいる人みなに拍手をされた。さやかは顔を引きつらせながら小さく頭を下げた。

*

翌日出社すると、多香子が会議室の扉から顔を出し、手招きをしていた。

次号の特集について宇佐美と打ち合わせをしていたようだ。テーブルには原稿と一緒に、チョコレートの入った箱が置いてある。箱のアルファベットを見てピエール・マルコリーニだとわかった。

「お前ついてるな」宇佐美はチョコレートを一つつまんで言った。

「何がですか?」

「そんな偶然はなかなか起きない。成功するやつっていうのはな、偶然をチャンスにできるやつなんだ」

おそらく、多香子から昨日の飲み会のことを聞いて言ってるんだろう。多香子は笑いながら片手で拝んだ。

「どうして、あれがチャンスなんですか……」

飲み会が終わったあと、なんとなく祐一の連絡先を聞く流れになったが、醜態をさらしてしまったせいでなんてメールを送っていいかわからなかった。もちろん祐一からの連絡もない。嫌われたかもしれないと思うと、朝になっても気分が落ちていた。

宇佐美は背もたれから体を起こした。

「少しはユベール・ド・ジバンシーを見習え」

「はい?」

「ジバンシーはな、オードリー・ヘップバーンが主演する映画で衣装に起用されて成功を収めた。でもな、元はといえばキャサリン・ヘップバーンっていう別の女優と間違えて、新人だったオードリーの仕事を受けたのがきっかけなんだよ。お前もそいつとうまくいきたいんだったら、その偶然を利用するんだ」

「そんなこと言ったって、嫌われたかもしれないんですよ」

「今の評価が低い分、次会うときにいい印象を与えられれば、より魅力的に見せられるだろう。三日間何も食べずに過ごしたら、パンの耳でもおいしいと思うのと同じことだ」

　バカにされているのはわかったが、面倒なので聞こえないふりをした。代わりにチョコレートを一つつまむ。

「次の号はスポーツメーカーとタイアップしてダイエットの特集をやるから、お前が担当しろ、で、コラムはダイエットをテーマに書け」

　宇佐美は「緊急一か月ダイエット」と書かれた表紙のラフを突き出した。巻頭でダイエットの特集を組み、スポーツメーカーの広告を載せる。その流れでダイエットをさせられるらしい。

「お前の肉付きのよさを活かすチャンスが訪れたな」宇佐美が嫌味な笑い方をする。

「別にさやかは太ってないですよ」多香子がフォローした。

「いや、こいつは笑うと二重あごになる」

「胸はあるんですけどね」

「二の腕もある」

「もう、ほっといてくださいよ」声をあげて、チョコレートに手を伸ばした。

宇佐美が箱を手前に引く。

「お前、なんでさっきからピエール・マルコリーニをたけのこの里みたいに食ってんだよ」

「いいじゃないですか別に」

さやかは腰を上げて手を伸ばし、最後の一個を口に入れた。

「お前、びっくりするくらいダイエットしないな」宇佐美はあきれ顔で言った。「今どきの三十女はもっと体のラインとか気にするんじゃないの。逆にすごいな」

うるさいなあ、もう。あんたのせいでこんな仕事やらされてるから、おいしいものを食べて、ストレスを発散してるんだ。仕事のために体を犠牲にしている部下のこともわかってほしい。

「まあ、やる気はあるんだよね」多香子が持っていたペンをこめかみにあてる。「さやかの家にダイエットグッズいっぱいあったし」

「今までどんなダイエットしてきたんだ」宇佐美が聞いた。

「今までですか……。炭水化物ダイエットをやってました。炭水化物は一切食べないってやつ」

「そんなんでやせるわけないだろ」

「どうしてですか？　炭水化物は分解されると糖になって、脂肪に蓄積されるから太りやすいんです」

宇佐美が舌打ちをする。

「お前知ってるか？　アトキンスダイエットって。炭水化物さえ摂らなければ、肉は好きなだけ食べてもいいっていう世界的に流行ったダイエット」

「数年前にｒｉｚでも取り上げようとしましたよね」多香子が言う。「たしか、本が二千万部売れたとか」

「そのダイエットを提唱したアトキンス博士ってやつ自身が肥満で高血圧だし、心臓病で死んだからな」

「えー」多香子と声が重なってしまった。

「だいたい、お前は、どんな体型になりたいんだ？」宇佐美が聞く。

「そりゃモデルみたいなすらっとした体型になって、タイトなパンツをはいて……」

「お前がなれるわけないだろ」宇佐美が遮った。「だいたい無理してそんな体型になって、ストレスためて肌ぼろぼろになったらどうするんだ」

「たしかに……」なぜか多香子が返事をした。

「いいか。お前がやるべきなのは、男を捕まえるためのダイエットだ」

男を捕まえるダイエットって――、なんか下品でいやだ。

「男がみんなモデルみたいな体型を求めているわけじゃない。男性誌のグラビアを見てみろ。モデル体型の女なんて少ないだろ」

「そうですけど……」

「ガリガリにやせてほしいと思ってる男なんて少数派だ。それなのに女はみなやみくもにやせようとする。だからこそお前が男のニーズに合致した体型を手に入れれば、それが大きなアドバンテージになる。欠点は使いこなせってココ・シャネルも言ってるんだ」

「さやかみたいな体型が好きな男もいるしね」多香子が言う。「わたし全く太らないから少し羨ましいくらい」

なんだか、うれしくないフォローだ。

「じゃあ、何をすればいいんですか?」

さやかがふてくされて聞くと、宇佐美は窓ガラスに自分を映し「お前は、美しさとは何か考えたことはあるか?」と自分に酔った顔で聞き返した。

「さあ……」さやかは顔をゆがめて、首を傾げた。

「美の本質っていうのはな……、健康なんだ」

「はあ……」

「人間のオスっていうのはな、無意識のうちに相手が健康かどうか判断して、健康だと美しいって感じるようにできている。なぜなら健康なパートナーを選んだほうが、自分の遺伝子を残すのに有利だからだ。実際、ウエストとヒップの割合が七対十だと男が惹かれやすく、その割合だと成人病にかかる率が低いというデータがある」

「それ、聞いたことあります。マリリン・モンローもオードリー・ヘップバーンもスタイルは違うけどウエストとヒップの割合は二人とも七対十だったって」多香子が付け加えた。

「旧石器時代につくられたヴィーナス像だって、同じ七対十だ。男が女に求めるものなんて何千年も前から変わってないんだ」

宇佐美は自分の体を見せたいのかジャケットを脱ぎ、シャツのボタンを一つ開けた。

「お前、もう三十なんだから、キャベツだけとか、寝るだけとか、そういうダイエットはやめろ。人間が本来食べるべきものを食べて、本来食べるべき量を食べる。それで規則正しい生活をする。ダイエットなんてただそれだけのことなんだ。それさえできれば、肌の調子もよくなるし、体も引き締まる。それで病気もしづらくなって、男にとっても魅力的になる」

「でも……」さやかは視線を落とした。「そんな簡単に言いますけど、わたし甘いもの好きだからそれが難しいんですよ」

引き出しに忍ばせているお菓子を三時に食べるのが癖になってるし、仕事でストレスが溜まった日は駅ビルでバームクーヘンを買って、帰り道で食べてしまう。それをやめるのは口で言うほど簡単なことではない。

「お前、本当にダイエットのこと知らねえな。糖分も必要な栄養素だから食べなきゃ生きていけないだろ。だから甘いものを食べるとおいしいって脳が思うんだ」

「知ってますよ。それくらい」

「だったら、甘いものを食べること以上の報酬を脳に与えてやればいい」

「なんですか？　報酬って」

「男だ」

男って――。下品だ。

「前に言っただろ。男に囲まれておけって」

さやかは一応うなずく。

「努力に必要なのは忍耐じゃなく称賛なんだ。お前がダイエットしながら、まわりの男から褒められたり、言い寄られたりすれば、脳が勝手に味を覚えて、体が勝手に努力するんだ」

誰かに認められたいという衝動で努力できることはわかる。でもそんなことで本当に甘いものを我慢できるようになるのか。

「それにな、人間は怠慢だから人に見られているって意識がないと体もたるむんだ。だから、いろんな男から誘われるくらいでちょうどいいんだ」

「そういえば結婚して恋愛から遠ざかった途端、どんどん太った子がいる」多香子が宇佐美に同調する。

「俺みたいにな、世間から注目されていると、肉体が磨かれていくんだ」

宇佐美は窓ガラスに向かってインナーのTシャツをめくりあげ、割れた腹筋を触りながら写真に収め始めた。さやかは仕事に戻ることにした。

9

今日、とうとう三十歳になった。

歯ブラシをくわえながらテレビをつけると、情報番組で占いをやっていた。

《今日はブルーな一日。周囲とのトラブルが絶えなそう。家に引きこもるのが吉。ラッキーアイテムはパールのアクセサリー》

自分の星座は最下位だった。誕生日の人もいるのにこんなこと言うか。文句を言いつつも、ついパールのピアスを着けてしまう。

ただ、誕生日だというのに、今日は校了日だから、誌面のチェックが大量にある。それが終わったら、次号のダイエット企画を詰めなきゃいけない。おかげでランチはコンビニの春雨スープだった。なんだか味気なかった。やはり誕生日くらいは誰かと食事に行きたい。

でも、多香子は出張中だし、他に誘えそうな友達もいない。さんざん迷ったあげく、思い切って祐一にメールをすることにした。

絵文字をふんだんに使ったメールが完成したところで、ちょうどメールを受信した。送り主はユリだ。「Ｈａｐｐｙ Ｂｉｒｔｈｄａｙ先輩」というメッセージと一緒に、大量の絵文字となぜかカフェラテに熊が描かれた写真が貼り付けてある。

再び自分のつくったメールを見て、送信を思い留まった。ユリと違ってもう若くない。イタい女だと思われたくないので絵文字をやめた。

《この前の飲み会、楽しかったです！　柏木さんは今日も遅くまでお仕事ですか？》

二十分近く悩んだ挙句、飲み会での失態には触れず、あたりさわりない文面にして送った。今日が誕生日で、会ってくれませんか、なんて送ったら絶対ひくと思った。

すると、すぐ返信がきた。胸が高鳴る。

《僕も飲み会、楽しかったです。今日は川村製薬さんと飲みに行きますよ》

きっと接待か何かだ。ということは、祐一は栗原美里に会う。酔ったふりをして祐一にしなだれる栗原美里の姿が、やけにリアルに想像できた。

うあぁ。小さくうめき声をあげてデスクに突っ伏した。目の前にあったのは食べ終わった春雨スープのカップだ。そのうしろにはシュークリームの袋が見える。

ダイエットは全くうまくいってなかった。豆乳に溶かして夕食のかわりに飲むダイエット食品を半年分買って、もうこれしか口にしないと意気込んだが、三日目の夕食でクリームパスタを注文してしまい、五日目のランチでスイーツのビュッフェに誘われたところで完全に断念してしまった。

仕事のやる気が起きず、さやかは早めに会社を出た。

ツタヤに寄り、話題作というだけで、さほど興味のないハリウッド映画をレジに持っていくと、黒縁メガネの店員から、会員証の有効期限が過ぎていることを指摘された。申込書の年齢欄に、癖で「29」と書いてしまう。年齢が変わったことを思い出し、二重線を引いて「30」と書き直した。

もう三十か。紙に書いて初めて実感した。

三十歳は遠い先のことのような気がしていた。心のどこかでは自分には訪れないのではとさえ思っていた。でも、もう何があっても二十代に戻ることはない。これからも今まで以上の速さで時間が奪われていき、気づいたら四十になり、五十になるのだろう。そう思うと気持ちが沈んできた。

店を出たところで電話が鳴った。宇佐美からだ。

「さっきクライアントから連絡あったぞ」

低い声で言われ、息を飲んだ。何かミスでもしたのだろうか。校了した原稿を思い出す。

「商品写真の差し替え、お前やってないだろ」

「あれ、遠藤さんに任せてて」

ついプロダクションの人の名前を出してしまった。宇佐美の声色が変わる。

「何言ってんだ、お前。プロダクションに任せるだけだったら、お前がいる意味ないだろ。あのページに責任持つのが編集の仕事じゃないのか」

「ごめんなさい。すぐ戻ります」

「もういいよ、直したから」宇佐美は少し黙ってから、抑えた声で言った。「いいか、クライアントはな、何百万って金払ってうちに広告を載せてんだ。自分の企画だけ力入れてんじゃねえぞ。手を抜いていい仕事なんてないんだからな」

宇佐美の言うとおりだった。婚活のコラムは好きにつくれるから力を入れて書いていたが、タイアップ記事はクライアントの要求に応えるのが面倒なので、プロダクションに任せきりにしていた。

「すみませんでした」

「わかればいい」

電話を切ると、突然肩をつつかれた。

「すいませーん」

振り返ると、赤ら顔のサラリーマンが笑っていた。

「よかったら、今から飲みにいかない？」

ナンパだった。声をかけたらひっかかりそうな淋しい女に見えたのだろうか。さやかは振り払うようにして足を速めた。

腕を組むカップルのすぐそばを通り過ぎる。レストランの窓ガラスの向こうには、ワインを囲んだ女の子たちが笑っている。

さやかは思わず下を向いた。街灯に照らされ、コンビニのレジ袋を持った自分の影が肩を落として歩いている。

自分にとって特別な日なのに、世界は何も変わらない。そんなことわかっていたけど、やっぱり淋しい。どうして自分だけが一人なんだ。どうして自分だけが笑ってないんだろう。自分の居場所がどこにもないような、孤独感が襲ってきた。

そのとき、再び携帯が鳴った。アドレス帳に登録されていない番号だった。他にもミスをしたのだろうか。慌てて電話に出た。

「さやか？」

聞こえてきたのは和也の声だった。メモリを消去したことを忘れていた。

「あ、うん……」

さやかが返事をすると、和也は短い言葉から心の内を読み取ったのか「どうした、大丈夫か。今どこにいる?」と聞いた。

「家の近くだけど」

「出てこれるか。飯でも行こう」

「でも……」

「誕生日くらいなんかさせてくれ。もう予約してあるから」

帰りはスーパーに寄って、お弁当を買うつもりだった。食事くらいいいかと、つい「うん、わかった」と答えてしまう。

さやかは来た道を戻った。さっきの酔っ払いの前を通り過ぎる。わたしは一人じゃない。心の中で言ってやった。


呼び出されたのは、丸の内にあるホテルのバーラウンジだった。和也は出会い頭にワンピースを褒め、店に着くとさりげなく荷物を預かり、座るときに椅子を引いた。

「この前は平気だったか? さやかの上司が倒れただろう」

「まあ、うん……」

ワインを飲みこみ、尖った喉仏が動くのをつい見入ってしまう。付き合っているころは、それを眺めるのが好きだった。

さやかはその気持ちをごまかすため、グラスを口に運んでから聞いた。

「大丈夫なの？　わたしと会ってて」

「えっ？　なにが」

「赤いドレスの子が心配してるんじゃない」

「何言ってんだよ。あいつはただの友達だよ。向こうがどう思ってるか知らないけど」

和也は動揺する様子を一切見せずに、パーティーで一緒にいた子のことを説明した。美容関係の仕事をしていて、同僚の結婚式で知り合ったらしい。

それから和也は付き合っていたころの会話を続けた。久しぶりに恋人と過ごす感覚を味わった。ガラスの向こうに見える東京タワーや六本木ヒルズといった見慣れた夜景も、今日はなんだかよかった。

いい具合にアルコールが回り店を出た。エレベーターに向かう途中、吹き抜けになっているスペースで、和也は歩くスピードを緩めた。

「なあ、さやか」

「ん？」

「今日、うちに来ないか」

「えっ、どうしてよ？」

「結婚式で渡す花束が届いたんだ。さやか、ガーベラが好きだっただろ」

「なんでキャンセルしなかったの？」

「あのあと、式場とか旅行をキャンセルしていったんだけど、最後に残ったのが花束で、それだけはキャンセルしたらいけない気がしてさ」

嘘だと思った。でも、それを悪く思っていない自分がいた。

和也がさやかの手を握る。指が指の間にぴたりと収まった。

和也が握る力を強める。

「だめだよ。わたしたちもう別れたじゃない」

それには言葉を返さず、和也はさやかの手を引いて歩いた。エントランスを出て、タクシーに乗ろうとする。

このまま家に行ってもいいことはない。さやかは和也から手を離し、立ち止まった。

和也が振り返る。

「どうする？」

いやなら来なくていい、そういう口調で、そういう目だった。心の奥にしまっていた気持ちが引きずり出される。暗い道を一人で歩き、誰もいない部屋に向かって、ただいまと声をかけるのを想像したら、何も言えなかった。

元カレと誕生日を過ごすくらい普通のことだ。そう自分に言い聞かせていた。

和也のマンションに着き、二度と開かないと思っていたオートロックの自動ドアが開いた。

和也は部屋のドアを開け、さやかの背中を軽く押す。

えっ――。全身が凍りついた。

玄関に女もののブーツがある。和也が咄嗟に背中から手を離した。キッチンからエプロンをした女が出てくる。すぐにレセプションパーティーにいた赤いドレスの女だとわかった。

「カオリ……」和也は言葉を出せないでいた。

女は一瞬驚いた顔を見せたが、すぐに冷たく笑った。

「すみません。和也を送っていただいて」

あなたは彼にとって遊びです、そう聞こえた。和也はうつむいているだけだ。全身が熱くなる。

「いえ、連れて来られたんです」

さやかが言い返すと、女の顔が引きつった。

「わたしたち、もうすぐ一緒に暮らすんです。もう会わないでいただけますか」

「和也から誘ってきたんです、和也に言ってください」

感情的に言ってしまいそうなのを抑えて、冷静を装った。

女は顔を紅潮させ、一歩前に出た。段差の高いところから見下ろされる。

「わたしたち、ずっと付き合ってたんです。でも、あなたがこの家に来るから困ってたんです。いつもあなたが着く直前まで、わたしたちここで抱き合ってたんです」

「おい、カオリ」黙っていた和也が焦ったように声をあげた。

女は牽制《けんせい》するように和也をにらんでから、さやかをまっすぐ見据えた。

「和也、あなたのこと、ただのセフレだったって言ってました」

この場所は頑として譲らない、目が言っていた。ベッドの脇で見つけたピンクのパンツはきっとこの女のものだと直感でわかった。

玉ねぎと香辛料の香りがする。この子はカレーをつくるんだ。手が震えるのを抑える一方で、なぜかそんなことを思った。

「それからこれ、あなたの荷物です」

女が下駄箱の奥から、皺くちゃになった紙袋を取り出した。さやかが置いていった荷物を詰めたものだった。和也は唖然とした顔をしている。隠しておいたつもりなのだろう。

それを胸に押し付けられる。

「早く出ていってください。和也はあなたのこと追いかけませんから」

エレベーターに乗ると悔しさがこみ上げてきた。渡された紙袋には部屋着や化粧水が乱雑に詰めこまれていて、シャンプーと下駄箱の混ざった匂いがする。紙袋に涙がぽたぽたと落ちた。

時計を見ると、十二時を回っている。

もう誕生日は終わっていた。

＊

帰り道も涙が止まらなかった。

誕生日を一人で過ごすことに耐えられなくて、元カレに頼ってしまった。だから、こんな目に遭うんだ。

家に着き、洟をすすりながらノートパソコンを開くと、携帯にメールが届いた。祐一からだ。

《さっき、接待が終わって今帰ってきました。これから家で残業です（笑）　黒木さんも大変だと思いますがお互い頑張りましょう！》

なんだかほっとして、泣きながらにやけてしまった。パソコンの黒い画面に不細工な顔が映り、思わず笑ってしまう。そしたら、もっと不細工になった。

さやかは来月号の企画を練り直すことにした。まずは与えられた仕事をしっかりとやりとげよう。恋愛も結婚もそれからだ。

ネットでクライアントのスポーツウェアを買った。勢いでグアム旅行の予約もした。水着を着るイベントを入れて期限をつけるのだ。もしうまくいかなかったら多香子に旅行代をおごる約束もした。

クローゼットからダイエットの本を取り出した。お腹が空いていたことも、エアコンをつけていないことも、すっかり忘れてダイエットのことを調べた。

リンゴしか食べない、キャベツしか食べないという、偏食するのが一番よくないことだとわかった。いろいろな種類の食品を摂取するのが原則で、何か一つの食べ物だけで効果が出ることはないらしい。また、レタスやキュウリは栄養価がほとんどなく、カフェで食べるようなサラダで栄養を摂った気になっていたが、それも間違いだった。

それに、お肉だって脂身を除いた鶏肉であれば食べちゃいけないこともないし、油だって摂らないと肌が乾燥する。問題は油の種類だ。フライドポテトなどに含まれる酸化した油は最悪で、マグロやブリに含まれている油はむしろ不足しているらしい。ご飯を五穀米にすれば、食べる量はほとんど減らさないですむ。食事に関しては甘いものを我慢すること以外は苦じゃなかった。

今まではよく調べもしないで情報に飛びついていたことに気づかされた。

運動も大切なので、週に三回は、スニーカーを履いて隣の駅から歩いて帰るようにした。でも、マラソンは取り入れなかった。体は引き締まるかもしれないが、激しい運動は老化につながるからだ。あと、一日十五分はウエストを引き締める効果があるヨガをした。

ついコピー機の前で「半月のポーズ」という立ってできるヨガをしていると、先輩のユウコに「何やってんの？」と話しかけられ、ウエストが引き締まると教えてあげた。ユウコは「最近旦那が求めてこなくてさ」と、さやかの話に聞き入っていた。いつの間にか半月のポーズはｒｉｚの女子の間でブームになった。

体型の変化よりも、先に感じたのは、体調の変化だった。

肌の調子がよくなり、むくむこともなくなったのだ。遅い時間の食事をやめて深い眠りにつけるようになったおかげかもしれない。

昔やったダイエットは体重は減ったが、いらいらしたし、生理不順にもなった。今回はそれがなく、仕事が遅くなっても疲れにくくなった。

しだいに「なんか変わった?」「ちょっとやせたんじゃない?」と聞かれるようになった。

完成したダイエット特集の原稿を宇佐美に見せると、「まあまあだな」と受け取ってもらい、大きく直されることはなかった。

ノースリーブのブラウスを着た自分を鏡に映した。少しだけど体つきも変わってきた気がする。好きな人と手をつないで外を歩きたい。そんな気持ちになった。

思い浮かべるのは祐一だった。

＊

ランニングマシンを走る宇佐美は、鏡に映る自分のフォームを確認していた。宇佐美が着ている黒地のジャージには、背中にスワロフスキーのドクロがある。頭にはニット帽だ。

祐一のことを相談したいと宇佐美にもちかけたら、忙しいからジムに来いと言われたのだ。さやかはしかたなく隣のランニングマシンで走ることにした。ただ、百メートルも走らないうちに息が切れた。

「筋力つけないと、元のだらしない姿に戻るぞ」

ランニングマシンを降りたさやかを見て、宇佐美はうれしそうに笑う。

「カロリーを消費するだけの運動はリバウンドを引き起こす。体を鍛えて基礎代謝を上げれば、もっと楽に体型をキープできる」そう言って、マシンの速度を上げた。

「彼のこと食事に誘ってみようと思うんです」さやかは相談したかったことを切り出した。

「えっ？」

ランニングマシンの音で声が届いてないようだ。

「彼を食事に誘います」さやかは宇佐美の近くで言った。

祐一とは週に一回くらいメールをする仲から進展していない。もちろんデートに誘われるようなことはなかった。メールの返信も妙にシンプルだ。だから自分から誘おうと思った。

宇佐美は眉間に皺を寄せる。

「アタックするのか？」

「ええ。まあ、はい……」アタックという死語は流してうなずいた。「汐留にあるビルの屋上に、この冬限定のイルミネーションができるんです。そこにあるオープンテラスのレストランで、食事をしようと思います」

「やめておけ」宇佐美は間髪いれず言う。

「どうしてですか？」

「イルミネーションはお前が行きたいところであって、男が行きたいところじゃない。顧客のニーズがどこにあるか、もっと考えろ」

宇佐美は再び正面の鏡に向かい、黙々と走り続けた。

さやかが黙っていると、宇佐美は鏡に映った自分に話しかけるように口を開いた。

「人間って野生動物に比べたら、圧倒的に走るのが遅いだろう」

返答に困り「はあ」とだけ返した。

「人類の歴史でいえば農業が始まったのなんてつい最近だ。それまではサバンナに出て、牛や鹿の狩りをして生活していた。でもな、そこには自分らよりも足が速く力の強いライオンとかトラとか肉食動物がたくさんいる。襲われるかもしれないのに、どうして男はそんなリスクを冒してまで狩りをしていたかわかるか?」

「それくらいわかりますよ」

「じゃあ、なぜだ?」

「そりゃあ、食糧を確保するためじゃないですか」

「それが違うんだ。最近の研究だと石器時代でも、木の実とか貝を拾っていれば、生きていくための食糧なんて充分だったことがわかってる」

「じゃあ、なんのために狩りをしてたんですか?」

「女にいいところを見せるためだ」

「えーっ、そんなことのためにですか……。体張りすぎじゃないですか」

「それが男なんだ。男は危険な目に遭ってでも自分の力を見せたいし、それを認められることが快感なんだ。だから、革命家になるのもボクサーになるのも男のほうが圧倒的に多いだろ」

宇佐美はマシンの上でパンチを繰り出し、ボクシングの真似事を始めた。

しばらくして隣のランニングマシンに人がやってきた。鏡越しに顔を覗くと短髪で鼻筋の通ったイケメンだった。宇佐美よりも速いスピードだったが、背筋を伸ばし、余裕の表情で一定のリズムを刻んでいる。

それが気にいらないのか、宇佐美は着ていたジャージをさやかに投げ、隣のイケメンに負けじと自分のマシンのスピードをさらに上げた。マシンがうなるような音を出す。

「いいか――、男とデートするんだったら、男に――、力を使わせることを――、考えろ」

宇佐美が息を切らせながら言った。しだいにペースが崩れ、うしろに流されていく。何かから逃げまわっているような走り方になった。

「それで――、お前は――、それを認めてや――ることだ。そうすれば、男の――自尊心を――、満た――せる」

もう少しでマシンから落ちるかというところで、隣のイケメンがスピードを落とした。宇佐美は何事もなかったかのようにマシンを降りてリストバンドで額の汗を拭う。

遠くを見つめ、軽く流した、とでも言いたそうな涼しい顔をつくった。

次はベンチプレスをやるらしい。宇佐美は金属のバーの両端におもりをつけ始めた。さやかは隣のシートに座り、その様子を見ていることにした。

「筋肉っていうのはな、持てるか持てないかのギリギリまで負荷をかけることによって発達するんだ」宇佐美はシートに横になり、バーを掴んだ。

「これ何キロなんですか？」

「六〇キロだ」

宇佐美は盛大に息を吐きバーを数回持ち上げ、フックに戻した。

「で、編集長。結局、どこに誘えばいいんですか」再び話を祐一に戻した。

「お前の強みを活かせる場所のほうがいいだろうな」宇佐美は自分の胸筋に触れながら言った。「強みを活かさない者には成功はない」

「でも、わたしに強みなんかあるんですかね」

「お前にもある。他の女が持っていない、お前だけの強みが」宇佐美は目を逸らすようにして、再びバーを持ち上げる。

急にそんなことを言われてどきっとした。そういえば最近、宇佐美の見る目が変わってきた気がする。ダイエットをやりだしてから、目を合わせてくれないというか、少し他人行儀になったのだ。

なんだろう、わたしの強みって。女らしくなったとか色っぽくなったとか、あるいは女子力があるとか、そういうことだろうか。

「なんですかね、わたしの強みって」にやけてしまいそうなので、顔に力を入れて聞いた。

「お前の強みはな……」

さやかは黙ってうなずく。

「薄汚い居酒屋に行ける女ってことだ」

「へ？」顔の力が抜けて、間抜けな声を出してしまった。

「お前よく行くだろ、新橋の薄汚い居酒屋に。ｒｉｚのスタッフもお前のこと褒めてたぞ。黒木は安くてうまい居酒屋を食べログよりも正確に教えてくれるって」

「そうなんですか……」

褒められる準備をしていた自分が恥ずかしかった。顔が赤くなっている気がしたので、ストレッチをするふりをして体を背けた。

「お前の強みを活かすために、他の女が行けないような、なるべく汚い居酒屋に誘え」

「どうして初めてのデートでそんなところに行かなきゃいけないんですか」

居酒屋なんて行ったら、いつもと一緒になってしまう。おしゃれ系ダイニングのテラス席で、好きな人とのデートに浸りたい。

「普通の男はな、イルミネーションよりも、そっちのほうが好きなんだよ」

宇佐美はニット帽をとり、生え際を隠すようにくしゃくしゃになった前髪を整えた。

「一人だと入りづらい居酒屋があるから一緒に来てほしいって誘え。それは言い換えれば、力を貸してくれ、ということだ。男は自分の力を頼られていると考えるだろう」

「でも最初のデートでそんなところに行ったら、恋愛対象として見てもらえなくなるんじゃないですか」

「ドレスアップして行けば大丈夫だ」

「居酒屋なのにですか?」

「そうだ。女っていうことをいつも以上に意識させられるだろう。それに自分だけ女を連れているんだから、店にいる他の男性客に、女を連れていることを誇示できる。つまり、お前の強みを活かして、男の要望にも応えている。完璧な戦略だ」

宇佐美が満足そうな顔で再びニット帽をかぶったとき、隣のシートに人が座るのが見えた。さっきのイケメンだ。

バーにおもりを三つずつつけた。宇佐美よりも一つずつ多い。

ナイロンのジャケットをおもむろに脱ぎ、二の腕が露わになった。無駄な肉が一切ないダンサーのような腕だった。手首を軽く回し、バーを掴み持ち上げる。そのしぐさも様になっていた。

宇佐美に目を戻すと、自分のバーにおもりを追加していた。

「ちょっと……、そんなに重くして大丈夫なんですか」

「余裕だ」

「さっき限界だって言ったじゃないですか。無理しないでください。編集長もう四十一なんですよ」

「それがどうした。ジョルジオ・アルマーニだってブランドを立ち上げたのは四十一のときだ。もともとは医者を目指してたんだ」

その話とベンチプレスになんの関係があるんだ。それがどうした、とそのまま言葉を返したい。

隣のイケメンは軽々とバーを持ち上げていた。

それを横目で見た宇佐美は深呼吸をして、真剣な目つきでバーを何度も握り直した。なんとかバーを持ち上げたが、肘を曲げたところで伸ばせなくなった。

「うっ、ぐ……」と苦しそうな声を出す。

仕方ないな。さやかが手を貸そうとすると、顔を赤くした宇佐美が言った。

「触るな！」

指が重さに耐えられず逆に折れ曲がり、もう少しでバーが喉元に滑り落ちそうだ。

隣のイケメンはシートから立ち上がり、こちらに目を留めることなく、宇佐美の前を通り過ぎた。

「持ち上げましょうか」

宇佐美は首を横に振った。首筋の血管が浮き上がり、眼球が半分出ているんじゃないかと思うほど、目を剥いていた。

「いいんですね。持ち上げないで」

宇佐美はさらに顔を紅潮させている。声も出せない様子だった。

まったく。なんて世話がかかる大人なんだ。さやかは大きく息をついてから言った。

「もう持ち上がらないんですよね？　上げますよ」

目尻の皺に、涙とも汗ともとれない水滴が流れていた。宇佐美はしばらく耐えてから、苦渋の顔で首をあいまいに振った。

「持ち上げていいんですね？」

あとから「持ち上げろなんて言ってないだろ」とでも言いそうなので、もう一度聞いておいた。宇佐美は早く助けてくれという顔で、首を大きく縦に振る。

さやかはバーを両手で引き上げた。二人でやっと持ち上がるような重さだった。どうしてそんなに負けず嫌いなんだ。

げっそりした顔の宇佐美は肩で息をしていた。

「持ち上げろなんて言ってないだろ」力のない声だった。

10

地下鉄の階段を駆け上がると、首に巻いたファーが崩れたので、さやかはそれを整えた。

小走りで待ち合わせ場所に向かう。いつもは毛先だけ内巻きにしていたが、今日は耳の上あたりからスパイラルに巻いた。なかなかうまくいかなくて、家を出るのが遅くなってしまった。

電飾された街路樹の下に祐一が立っている。ベージュのトレンチコートだ。

「ごめんなさい。遅くなっちゃって」さやかは息を切らせて言った。

「黒木さん、なんか雰囲気変わりました？」

祐一はさやかを見るなり、そう言った。

「そうですか？」

謙遜したが、本当は飛び跳ねるほどうれしかった。

ダイエットを頑張ってよかった。少しでも細く見せようと思って昼食を抜いた。だからお腹が空いて力が入らない。

「行きましょうか」これ以上、顔を見られるのは恥ずかしかったので、さっそく向かうことにした。

デートの場所に選んだのは、以前B級ミシュランで取材したことがある魚介料理の居酒屋だ。

宇佐美に言われたとおり「女同士だと入りづらい」と言って祐一を誘ったので、常連客に顔を合わせるのは避けたい。だから今日は取材した新橋店をやめて、最近オープンした銀座店にした。銀座店といってもガード下にあり、電車が通ると少し揺れるらしい。

細い路地に入ると、「ホッピー」とか「やきとり」といった文字が目に飛びこんできた。道の先には、とりわけ大きな笑い声が聞こえる居酒屋がある。看板を見てその店だとわかった。路上にビールケースの椅子を並べて、コートを着たおじさんたちが七輪を囲んで騒いでいる。

反対側には汐留のビル群が夜空に向かって伸びていた。ライトアップされた屋上が微かに見える。

「テラス席か……」さやかは店の外で騒ぐおじさんたちに向かって、口の中でつぶやいた。

ビニールシートの隙間から店に入り、コートを脱ぎながらあたりを見渡すと、スーツ姿のサラリーマンがほとんどだった。女性は団体客に混ざって一人か二人だ。ノースリーブはさすがにやりすぎたかもしれない。あきらかに浮いている。ちらちら見てくる男の人もいた。

「僕はグレープフルーツサワーで」祐一がメニューを見て言った。

「じゃあ、わたしも同じの」

本当は焼酎をロックで飲みたかったが祐一に合わせた。居酒屋に慣れていない感じを出すためだ。

すぐにグラスが運ばれてきた。

さやかはそれを受け取りながら、「歳、嘘ついててすみません」と年齢をごまかしていたことを謝った。健太郎との飲み会で恥ずかしい姿を晒して以来、そのことに触れる機会がなかった。

「え、なんのことですか？」

「ほら、わたし本当は三十歳なのに、前に二十七歳みたいなこと言っちゃったじゃないですか。そのことが気になってて……」

「ああ、あのときのことですか、全然気にしてないですよ」祐一が微笑む。「それにしても、あの飲み会は笑わせてもらいました。黒木さんって本当に面白い人なんですね」

感心しているような言い方だった。きっと、祐一の中でわたしはお笑い担当のような扱いだ。その前もスーツによだれを垂らしたから仕方ないが。でも、今日は女らしいところを見せて挽回したい。

「少しは落ち着きました？　柏木さんいつも忙しそうだったから」

さやかは仕事の会話をすると決めていた。男は力を誇示したい、であれば仕事の話をさせるのがいいはず。和也もお酒が入るとよく仕事の自慢話を気持ちよさそうにしていた。

「それがそうでもないんです。おとといまでバンガロールに出張してて」

「バンガロールって、インドの？」

「はい。前にバンガロールに支店ができた話をしたじゃないですか。別のクライアントでちょうどインドに進出する企業があったんですよ。僕インドに住んでたから、そういうとき駆り出されるんです」

「柏木さんって、この前も川村製薬さんにアジア展開の提案してたし、海外で仕事したいんですね」

祐一が照れるように笑う。

「実は僕、その支店に転勤を勧められてるんです。事情があったんで断ったんですけど……」

「事情ですか？」

「あ、いや、たいしたことじゃないんです……。あ、そうだ。今日、川村製薬さんの付録、製本工場に納品されました。すごくいいものができたんで黒木さんにお礼を言おうと思って。僕、女性誌のことは詳しくわからないんですけど、ｒｉｚには読者を惹きつけるパワーを感じました」

「そう言っていただけるとうれしいです」

「栗原さんも喜んでましたよ」

飲んでいたグレープフルーツサワーが喉にひっかかって咽《むせ》た。デートの序盤でその名前を口にするとは思わなかった。

「また新商品を発売するらしくて、昨日も栗原さんたちと、三時間も打ち合わせしてたんですよ」

「三時間も……」

「ええ。栗原さんて本当に仕事熱心ですよね」

わざと栗原美里の名前を出しているのだろうか、それとも何も考えてないのだろうか。横顔からは読めない。もう一人の自分が「あんたたち、できてんの？」と聞きたがっている。

しばらくして、祐一が注文したタラバ蟹が運ばれてきた。祐一は慣れた手つきで殻を割って、器用に身を取り出した。

「蟹がお好きなんですか？」

「そうなんですよ。インドに住んでるときも、どうしても食べたくなって、ガンジス川で獲って食べたことあるんです」

「えっ、それっておいしいんですか？」

「全然おいしくなかったです」無邪気に笑って、蟹を頬張る。

細い体に似合わず、祐一はよく食べた。あどけなさの残る横顔を眺めていたら、食べているところをずっと見ていたくなった。アイドルを食事に連れて来ているマネージャーはこんな気持ちになるのだろうか。

そんなどうでもいいことを考えていると、「いらっしゃい」と威勢のいい声が耳に入った。入口のほうに目をやると、入ってきたのは例によって顔を赤らめたおじさんだ。

えっ。思わず二度見してしまった。よく見ると知った顔だった。新橋店で顔見知りになった常連客だ。

咄嗟に顔をそむけたが「あれ、しばらく見ないと思ったら、こっち来てたの」と、遠くから声をかけられてごまかせなくなった。

ああ、しまった。こんなところによく飲みに来てることがばれたら、話の辻褄が合わなくなる。

祐一が、「え、誰?」という顔をしていたので、「知り合いのおじさん」と答えた。

祐一が「どうも」と頭を下げると、常連客は千鳥足でこっちに近づいてきた。

「さやかちゃん、今日はどうしたの？　おめかししちゃって。もしかしてこれかい」小指を立てたあと「ちがうか！」そう言って笑い声をあげた。デートを家族に見られているようで恥ずかしい。

いつもだったらのってあげるところだが、今日はかかわらないでくれ、そういう空気を出して流した。

「そうだ、さやかちゃん、この前のお礼してなかった。なんかごちそうするよ」

「えっ、何かしましたっけ？」

「ほら、この前、嫁さんのこと相談に乗ってくれたじゃない。おかげで仲直りできたから」

とぼけたが、よく覚えていた。女房に逃げられた、と女々しいことを言って店長に絡んでいたので、わたしなんて結婚直前に男に浮気されて婚約破棄された、それでもなんとかやってるの、と叱咤し元気づけた。そのあと、なぜか意気投合してジョッキ片手に盛り上がったのだ。

「おじさん、今日はめずらしくお金たくさん持ってるから、さやかちゃんの好きな泡盛でもごちそうするよ」

やめてくれー。今日はステキ女子があえて居酒屋に来た設定なんだ。泡盛が好きなことがばれたら、作戦が台無しだ。

「け、結構ですから」さやかは顔の前で小さく手を振った。

「黒木さんって泡盛飲むんですか？」と祐一。

「あ、うん。たまにね、たまに。普段はワインとか飲むんだけど」背中に変な汗をかいた。

「さやかちゃんが好きなのって、たしか……、瑞泉だっけ、菊之露だっけ」

常連客が壁に貼ってあるメニューから泡盛を選ぼうとしている。

「おじさん、そういうのいいから」さやかは祐一に見えないように、冷たい目で言った。

「そうかい……」

ショックを受けたのか、常連客は肩を落とし、淋しそうにカウンターに座る。

ごめんね、今度はいくらでも付き合うから、と背中に謝った。


結局、祐一には栗原美里との関係どころかプライベートなことをほとんど聞けなかった。「彼氏いるの?」とか、「結婚願望ある?」とか、祐一は年ごろの男女がデートしたときに出るような質問をしてこなかったのだ。やはり女として見てくれていないのだろうか。

食器が片付けられて、食後のお茶もなくなってきた。「そろそろ行きますか」がいつ出てもおかしくない。このままでは、なんの進展もないままデートが終わってしまう。

そのとき、祐一の携帯が鳴った。

「ちょっとすみません」

祐一は席を立ち店の外へ出た。遠くで携帯の向こうに謝っている。何かトラブルでもあったのだろうか。

戻ってきた祐一は顔色を失っていた。

「どうかしました？」

「例の保湿シートの件なんですけど」

「どうしたんですか？」

「同封するチラシに誤植があって……」

祐一の話によると、保湿シートに同封するチラシに薬事法に抵触する表現があったらしい。制作会社が古いバージョンのままデータを入稿してしまったのが原因だった。

「これから倉庫に行って、明日の朝までに差し替えます」祐一は伝票を掴み、席を立った。「黒木さん、すいません。今度、埋め合わせさせてください」店の外へ走っていく。

「柏木さん」

さやかも店を飛び出し、祐一を呼び止めた。

「わたしも行きます」

おせっかいかもしれないが、ほっといてはいけない気がした。半ば強引にタクシーに乗りこんだ。

＊

薄いビニールからチラシを取り出し、新しいものに差し替える。品川の倉庫街にあるビルの一室で、その作業をもう五時間近く続けていた。

残り半分を切ったあたりから、進んでいる気がしない。段ボールが山積みにされた部屋は埃っぽく、手がかさつき、顔がべたついてきた。祐一の顔にも疲れが見える。作業を始めてしばらくはお互いを励まそうと、声をかけ合っていたが、それもなくなってきた。

「……いえ、大丈夫です。……はい、目途はつきましたので。はい……、はい……、問題ありません」

部屋の隅で祐一が誰かに電話をしている。上司だろうか。

電話が終わると、こちらへ近づいてきてペットボトルのお茶を差し出した。

「黒木さん、我々のミスなのに、こんなに遅くまですいませんでした。きりのいいところであがってください」

「柏木さんはどうするんですか？」

「僕はまだ残ります。明日の朝までだったら、僕一人でなんとかなるので」

元はといえば封入した制作会社のミスだ。だからその会社の人間に任せる手配をしているものだと思った。

「応援呼んだほうがいいんじゃないですか。もう一時だし」

「大丈夫です。以前にも同じようなことがありましたから」祐一は笑顔を保っていたが、顔に力がなかった。

「もう遅いですし、無理して一人でやらなくても……」

前から祐一の仕事の進め方には違和感があった。クライアントの要求に応えようとする姿勢は立派だけど、仕事を一人で背負いこんでいるように見えた。だから余裕がないというか、危なっかしい。

「一人で平気ですから」祐一が突き放すように言う。

「そうやって一人で仕事を抱えて、もし間に合わなかったらどうするんですか？　クライアントにもrizにも迷惑がかかるんですよ」

言ってすぐしまったと思った。勝手についてきてその言い方はない。疲れていたせいか、自制心が働かなかった。

祐一は何も答えず、近くの段ボールからビニール袋を取り出し、再び作業を始めた。重い空気のまま時間が流れた。切れかかった蛍光灯の音が耳につく。

謝ろうと言葉を探していると、金属が擦れる音がした。

扉が開いて、年輩の男が入ってきた。ニットにスラックスのカジュアルな服装だったのでわからなかったが、祐一が硬い表情で頭を下げたので、打ち合わせで会った川村製薬の課長だとわかった。

さやかも慌てて頭を下げる。

「このたびは誠に申し訳ございませんでした。本日の二十時ごろ、制作会社から連絡があり……」

「いったいどういうつもりなんですか」

祐一の説明の途中で課長が言葉をかぶせた。怒りにまかせた口調だった。

「あなた、この前、海外戦略がどうのこうのって言ってましたよね。あなたのお父さんがどんなに偉いか知りませんけど、そういうことは目の前の仕事をしっかりこなしてから言うことでしょう。父親の力に甘えて、小さな仕事は手を抜くなんて、社会人としてどうなんですか」

「申し訳ありませんでした。朝までにはなんとかします」祐一がもう一度頭を下げる。

課長は憮然《ぶぜん》とした顔で、乱暴に扉を閉めて出ていった。

個人的な感情をぶつけるような言い方だった。それに、お父さんが偉いのどうのってどういうことだ。

「僕、コネ入社なんです……」

さやかの考えていることを察したのか、祐一が視線を落としたまま、ぽつりと言った。

「父が川村製薬の社外取締役で、僕はそのコネで電報堂に入社したんです。柏木惣一ってご存じないですか？」

柏木惣一といえば、テレビでもよく見る名物経営者だ。週刊誌時代、少し批判する記事を書いたらお前のところには広告を載せないと圧力をかけられ、編集長の原田が謝罪に行ったことがある。

「経営難だった川村製薬を、父の会社が身請けして社外取締役になったんです。いきなり大胆な人員整理をするもんだから、反発も大きくて。管理職以上はみな父のことを恨んでるんです。だからこそ僕は海外に拡販することを提案したんですが、なかなかわかってもらえないですよね」

祐一は手を動かしながら続けた。

「同僚にも、どうせ会社を辞めて親父の会社を継ぐと思われてます。親の力で仕事しているとか、会社を辞めるから手を抜いてるとか、そういうふうに思われたくないんです。だからこれくらい一人でなんとかしたいんです」

それを聞いて、川村製薬との打ち合わせのあと、カフェで祐一の先輩が陰口を言っていたのを思い出した。

祐一の瞳の奥に暗いものが見えた。さわやかな笑顔や人あたりのよさを見て、祐一には悩みなんてないだろうと勝手に思いこんでいた。恵まれて生まれてきたからこそ抱える問題もあるのだ。

何か言ってあげたい。でも言葉が見つからなかった。

「あ、なんか関係ないことまで、すみません」

「こちらこそ余計なこと言ってごめんなさい」

さやかは頭を下げた。視界の両脇が髪で隠れる。

「いいんです。こんな時間まで手伝ってもらってありがとうございました。もう遅いからあがってください。一本先の大通りに行けばタクシー通ってますから、そこまで送ります」祐一はジャケットの袖に手を通した。

「髪を留めるものありませんか?」さやかは咄嗟に口にした。

「はい?」

「髪が邪魔で、作業がはかどらないから、ゴムかクリップがあるといいんですけど」

いつもと巻き方を変えたから、自分の髪が顔にかかってうざったかった。

「持ってないですけど……。でも、もう大丈夫です。女性の方をあんまり遅くまで引き留めるわけにもいきませんから。あとは一人でなんとかします」

さやかは祐一を無視し、事務机の上にあった、ステンレスのクリップを手にした。

「じゃあ、これでいいや」

髪を後頭部の上のほうでまとめ、クリップで挟んだ。仕事をしているときと同じ髪型になったら朝まで頑張れそうな気がしてきた。

「柏木さん、わたしどこでも生きていけるタイプなんです。インドに行ったときは駅に段ボールを敷いて野宿したこともあるんです。だから男だと思って指示してくださ い」

本当は外で寝るのが怖くなって、すぐ近くのホテルに避難したが、それは言わなかった。

「それと……」

「それとなんですか？」

「わたし、二個上だから甘えていいです」

「え？」

「仕事がうまくいかないときって、誰かに甘えたり愚痴を言ったりしながら、やればいいと思うんです。つらいときに誰かに助けられると、自分一人じゃ生きていけないことがわかるから、人にやさしくなれるじゃないですか」

祐一がきょとんとした顔をしている。かなり恥ずかしいセリフを口にしてしまったのかもしれない。さやかは「空気入れ替えますか」とごまかすように窓を開けた。

新しい風が吹き込んでくる。遠くで品川のビル群が夜空を照らしていた。一日の最後にきれいな夜景が見れてよかった。しかも好きな人とあと何時間も一緒に過ごせる。それでよしとしよう。さやかは段ボールを開けながら思った。

そのとき、また扉が開く音がした。

「手伝いに来ました」甲高い声が響く。

振り返ると、栗原美里が立っていた。

「ごめんなさい。課長から電話かかってきて、飛び出してきたからこんな恰好で」

そのわりには、ばっちり顔がつくってあって、目元にはラメまで塗ってある。

さやかが視界に入ると、「ちっ、先を越されたか」とでも言いたそうな、焦りの表情になった。

すぐに祐一のそばに寄っていき、「これ、差し入れです」と紙袋を差し出した。手づくりのサンドイッチだった。

タイトスカートをはいた栗原美里は、おしりのラインを強調させるようにしゃがみ、エルメスのガーデンパーティーからウエットティッシュを取り出す。

気づいたら笑みがこぼれていた。栗原美里のような女もいれば、自分のような女もいる。いろんなタイプの女がいるから、女は楽しいのかもしれない。

「サンドイッチ、わたしもいただいていいですか」さやかから話しかけた。

「いいですけど」栗原美里が驚いたような顔を向けた。「なに笑ってるんですか?」

「いえ、なんでもありません」

栗原美里のサンドイッチは少しマヨネーズが多かったが、なかなかおいしかった。

「さあ、三人でやりますか」

さやかは腕を大きく伸ばしてから、再び作業にとりかかった。

＊

翌日の朝、レジメ柄のネクタイを締めた祐一がr・iz編集部に現れた。封入ミスの件を詫びに来たのだ。

チラシの差し替えは無事に終わった。結果的に何も問題がなかったのだから、謝りに来る必要なんてないと思ったが、そういうものらしい。

空いている会議室に案内した。さやかは宇佐美の隣に座り、祐一と向かい合う。

多香子が会議室に入ってきて「どうもぉ」と軽い挨拶をした。笑顔を振りまきながら、お茶と一緒にお菓子まで出した。

祐一は神妙な面持ちで「今回発生した不手際について」という見出しの資料を配り、制作会社のミスでチラシに不適切な表現があったこと、事前に気づき、事故には至らなかったことを時系列に報告していった。

説明が終わると、それまで険しい顔で黙っていた宇佐美が、突然持っていた書類を叩きつけるように放った。空気が張りつめる。

いやな予感がした。イケメンと宇佐美、この組み合わせはろくなことにならない。

しかも宇佐美は、雑誌づくりに誰よりも情熱を持っている。もし祐一を怒鳴りつけでもして、自分まで嫌われたらどうしよう。結局何もなかったんだから、それでいいじゃないか。とにかく余計なことを言わないでほしい。祈るような気持ちだった。

「いいか、お前」宇佐美が低い声を出した。

「はい」祐一の顔が強張った。さやかも思わず背筋を伸ばしてしまう。

「広告で食っていくならトム・フォードになれ」

は？　いきなり何を言い出すんだ、この人――。

「八〇年代後半、グッチは破産寸前だったんだ。でもな、トム・フォードがデザイナーに就任してからは、十年足らずで売上を十倍以上に伸ばした。どうしてそんなことができたかわかるか？」

宇佐美は自分の部下に説教するような口調だった。

「いや、ちょっと……」

祐一は呆気にとられていた。それはそうだ。そんなことを急に聞かれても、答えに困る。きっと宇佐美は頭のおかしな人だと思われた。

「トム・フォードはな、デザイナーにしてはめずらしく金に興味があったんだ」

「お金ですか？」

「ああ。トムは服のデザインだけしてればいいっていうタイプのデザイナーじゃなく、商業としての成功に興味があった。だから商品だけでなく広告も店舗も自分でデザインしてブランドイメージを徹底的に向上させた」

「子供のころ、ロンドンのグッチに行ったことあるんですけど、独特の高級感がありました」

なぜか祐一が宇佐美の話に食いついた。

「よかっただろう。ロンドンの店舗はトイレの洗面台までトムがデザインしたからな」

「はい。たしか排水口が『G』のマークになってました」

宇佐美は、ほほう、といった表情であごを触っている。うれしそうだ。

「いいか、商品を渡されて広告をつくってるようじゃ真のブランディングはできない。顧客が触れるもの全てをデザインして、顧客が脳に抱くイメージを提供者側が管理する。それがこれからの時代のブランディングだ」

祐一が目を爛々《らんらん》と輝かせて宇佐美の話をメモしていた。それを見て宇佐美もしたり顔で知識を披露していく。祐一を怒鳴ったりしなくてよかったが、意気投合されてもいい気はしなかった。面識のない友達同士を引き合わせたら、やたら仲よくなってしまったときの疎外感があった。

「でも、どうして名門だったグッチは、そんなに価値を落としてしまったんですか?」今度は祐一が質問した。

「いい質問だ」宇佐美は指を鳴らして、祐一をさした。「八〇年代、グッチはお家騒動があってな、暗殺事件まで起きたんだ」

「えっ、暗殺ですか?」

「ああ、グッチの後継ぎがパトリツィアっていう悪妻をもらってな、そいつはグッチ家の資産目当てで近づいて、結婚したら経営に口を出した上に、調子に乗ってバッグのデザインなんかもしたんだ。案の定、業績が低迷した。後継ぎはやっとパトリツィアの本性に気づいて追い出したんだが、逆恨みされて、パトリツィアの雇ったマフィアに暗殺されたんだ」

「物騒ですね……」

「ああ。結局、中東の資本がグッチの株を買い取って、グッチ家の人間はグッチの経営から締め出された。グッチの名前を使ってビジネスしないことまで契約させられたんだ。皮肉だろう」

祐一は黙ってうなずく。

「お前も変な嫁をもらわないように気をつけろよ」

宇佐美がちらっとこっちを見たので、にらみ返してやった。

「まあ、お前がどうしてもトム・フォードを目指すなら、若いうちに海外でビジネスを起こすことだな」腕を組み偉そうに言った。「近い将来、日本の市場が先細りになることなんてわかりきってる。海外の資本で海外の消費者を相手にしなければ、日本の企業は衰退していくだろう。もし、お前が何かを成しとげたいなら、早いうちに世界で挑戦することだ」

「はい」祐一はやけに力強く返事をした。

大丈夫かなこの人たち。さやかはお茶をすすりながら二人を眺めた。


結局、予定の時間を三十分も過ぎて、やっと宇佐美の話が終わった。祐一は最後までうなずきながら聞いていて、帰り際には握手まで求めていた。さやかにとってはただの苦痛な時間だった。

エントランスまで送っていくと、祐一が頭を下げる。

「昨日はありがとうございました。黒木さんのおかげでなんとか納品が間に合いました。なんてお礼を言っていいか」

「いえ、お礼なんていいですよ。わたしもいい経験になりましたから」

もちろんそれは社交辞令だ。本当は食事にでも誘ってほしい。さやかは笑顔をつくりながら目に訴えかけた。

「ぜひ、また一緒にお仕事させてください。宇佐美編集長も素晴らしい方なので、またお話を伺わせていただきたいです」

「こちらこそ、お仕事お待ちしております」

そんな話はいいから食事に誘ってくださいと、さやかは念を送った。

「それじゃあ」

祐一が去っていく。「この際、居酒屋でもファミレスでも、どこでもいいです。食事に誘ってください」と背中に念を送り続けた。眉間に皺が寄る。

「あっ、そうだ」

少し行ったところで祐一が振り返った。さやかは慌てて顔を元に戻す。

「今度、お食事でもどうですか。来週、また出張に行くんで帰ってきたらぜひ。次は僕に誘わせてください」

「え、いいんですか。うれしいです」

きゃー、どうしよう。とうとう祐一から食事に誘われた。念が通じたんだ。感極まって、祐一を抱きしめたくなった。もちろんやめておいたけど。

「あの」祐一がさやかに真剣な顔を向ける。「僕、さやかさんみたいな人って、素敵だと思うんです」

えっ、今度は何？　初めて「さやかさん」と下の名前で呼ばれた。

「一緒に行った居酒屋さん、ものすごく楽しかったですし、インドで段ボール敷いて寝た話も心に残りました」

「はあ……」

「なんていうか、こう、僕が今まで出会った女性とは違って、強いというか、一人でやっていけるというか……。そういうところが素敵だなって」

どういう顔をしていいかわからなかった。強いも、一人で生きていけるも三十女には褒め言葉じゃない。

「とにかく、昨日はありがとうございました」

祐一は言いたいことを言ったせいか、すっきりした顔で去っていった。

さやかは苦笑いしながら手を振った。

＊

翌朝、撮影に立ち会ったら、時間が押してしまった。次号の特集を午前中までに校了しなければいけなくて、会社まで走った。エレベーターの扉が閉まりかけていたので、手を挟んで止めると、宇佐美と多香子が立っていた。宇佐美が冷たい視線を投げかけてくる。

「もう閉まってただろ。乗るなよ」

「いいじゃないですか、別に」さやかはハンカチで額の汗を押さえた。宇佐美が顔をじろじろ見てくる。

「お前、またすっぴんで出勤したのか。その顔でよく自動改札が開いたな」

時間がなかったので眉毛だけ描いて家を出たのだ。朝から苛立つ。さやかは無視した。

旧式のエレベーターはゆっくりと数字を刻んでいった。空調が効いていないせいか、宇佐美がつけている香水の匂いが鼻につく。

「あ、そうだ。黒木」宇佐美が言った。「お前、日曜の昼間空けとけ」

「どっか行くんですか？」顔をゆがめて聞いた。

「青山にショップ巡りだ」

「買い物ですか？」

「いや市場調査だ。昨日、幹部と話したらな、r·izの姉妹誌を創刊するか、韓国か台湾で海外版の展開を考えてた。だから日曜はショップをまわってスタッフに話を聞きにいく。お前も編集なら市場で感じたものを誌面に反映させる嗅覚を養ったほうがいいだろ」

休みの日までそんなことをしているのか。家でも仕事をしているし、きっと宇佐美はずっと仕事のことを考えているのだろう。

ただ、普通に返事をするのも癪《しゃく》だったので「そんなにわたしとデートしたいんですか？」と軽口を叩いた。

「ふん」宇佐美が鼻で笑う。「なんで俺がアルパカみたいな顔をした女と、好きこのんで出かけなきゃいけないんだ」

ドアが開き、宇佐美は先に行ってしまう。

もうっ。鼻から息が漏れる。だいたいなんなんだ、アルパカみたいな顔って。宇佐美のせいで朝からホルモンバランスが崩れた。

「編集長って、どうしてあんな性格してるんだろうね」エレベーターを出たところで多香子に同意を求めた。

「あのさ、さやか。わたし思うんだけど」多香子が改まって言う。

「え、なに？」

「さやか、ボスと付き合ったほうがいいんじゃないの」

「は？　何言ってんの、急に」顔が熱くなったので、ハンカチで煽いだ。

「なんか仲よさそうだし。さやかにはボスが一番合ってる気がする」

「やめてよ。変なこと言うの」

「わたしもそう思う」ちょうど近くを通った先輩のユウコが肩を叩いた。「編集長もさやかをいじるときが一番いきいきしてる」

「やめてくださいよ。先輩も」いったい何を言い出すんだ。多香子もユウコも。やっと祐一と仲よくなれたというのに。さやかは逃げるように席についた。

仕事にとりかかるも、二人に言われたことが頭に残ってしまい、つい宇佐美が彼氏だったらと考えてしまう。

横目で宇佐美をちらっと見た。デスクに置いてある鏡の位置を、自分がよく見える場所に直している。

ないない。口の中でつぶやいてから仕事に戻った。

＊

その日の夜、家でくつろいでいると、意外な人物から電話がかかってきた。ヒロという和也の友人からだった。

「さやかちゃん、久しぶり」

ヒロとは何度か会ったことがある。和也が仲間うちで飲むときに、よく連れていかれたからだ。和也の会社の同期で、どちらかというとノリのいい男だったが、今日は声のトーンが低かった。

「急に電話しちゃってごめん。さやかちゃんところに和也行ってないかな?」

「え、来てないけど……、どうかしたの?」

和也の名前を聞いて、マンションでの一件を思い出し、いやな気分になった。

「実はさ……」

ヒロは言いづらそうに話し始めた。和也の会社で大規模なリストラがあり、同期では和也だけが子会社に出向することが決まったらしい。

「あいつ、相当落ちこんでるみたいで、ずっと会社休んでるんだ。電話もつながらないし」

そういえば最近、非通知で何度か電話がかかってきていた。和也かもしれない。

「さやかちゃん、様子を見てきてくれないかな。俺が行くのも気まずいからさ」

「でも、和也には新しい彼女がいるじゃない」

「あ、うん……。そうなんだけどさ、あの子、うちの会社に勤めている和也が好きだったみたいなところがあって、和也の出向が決まってすぐ別れたらしいんだ」

別れたのか。どういう感情を抱いていいかわからなかった。和也が一人になったことに喜ぶような気持ちはないし、嘲笑うような気持ちもない。

「子会社に出向なんて、そんな大変なことなの？　何年かしたら戻ってこれるんじゃないの？」さやかはソファーに腰を下ろし、ひざ掛けを広げた。

「それがさ、リストラの一環だから、出向するのはバブルのときに買収した採算が取れてない会社で、本体からいつ切り離されてもおかしくないようなとこなんだ。和也ずっと仕事うまくいってなかったから、まわりも気をつかってたんだ」

「えっ、そうなの……」

仕事がうまくいってないなんて知らなかった。それどころか、仕事は俺がまわしてるとか、上司が無能だとか、そんなことまで言っていた。

心配はしたが、かかわりたくないというのが本音だった。もう、あんなトラブルには巻き込まれたくない。それに、祐一に出会い、やっとうまくいき始めているのに、和也に会って情に流されるようなことはしたくなかった。

さやかが黙っているとヒロが続ける。

「俺、思うんだけど、和也は結婚を決められなかっただけで、本当に好きなのはさやかちゃんだったと思う。あの子と付き合ってるときも、よくさやかちゃんのこと口にしてたし……。だから、助けると思って一回和也に会ってほしいんだ」

「うん……。考えとく」

さやかはあいまいに返事をして電話を切った。

*

「なんか、デートっぽいな……」

日曜日になり、さやかは宇佐美を待ちながら、口の中でつぶやいた。

冬は嫌いじゃない。コートの下で冬の冷たい空気を感じながら、日差しを浴びるのは気持ちがいいからだ。それに日曜日の午前中からショッピングなんて、もう何年もしてない。

交差点の向こうに宇佐美が見えた。サングラスをはずし、ジャケットを肩で指にひっかけ、こっちに歩いてきた。葉巻でも吸い出しそうな雰囲気だ。

さやかが小さく頭を下げると、「行くぞ」とだけ言って歩きだした。

骨董通りをしばらく行ったところで、宇佐美はビルに入っていく。知り合いがオーナーを務めているショップらしい。

「いらっしゃいませ、宇佐美様」

一人の女性が近づいてくると同時に、別の女性が店の奥に入っていく。すぐに店長らしき男の人が慌てて出てきた。さやかには「奥様どうぞ」とお茶が出てくる。

えっ、この人と夫婦に見えたってこと？　心外だ。

さやかは「同じ会社の者なんです」と夫婦でないことを強調し、お茶は遠慮しておいた。

宇佐美はすっかり自分の世界に入ってしまったのか、何も聞こえていないようだ。持っていたジャケットをさやかに渡す。

「とりあえず今シーズンのプレタポルタを出してくれ。ミニマリズムの中にぬけ感のあるジャケットと、繊細でスリリングなカッティングのシャツを探している。今シーズンはどちらかというとノスタルジックな気分なんだ」

「かしこまりました。すぐにご用意いたします」

宇佐美が編集長だからか、向こうが委縮していた。というより怯えている。数え切れないほどの服が出てくると、うんちくを繰り広げながら宇佐美は試着を繰り返した。二十分も試着室から出てこないこともあった。中で鏡に映った自分に見とれているのだろうか。

さんざん試着をして迷った挙句、色違いのシャツをさやかの前に持ってきて交互に身体に合わせた。

「どっちがいいと思う?」

女子か。

結局、三時間も宇佐美の買い物に付き合わされた。

「自分の買い物しかしてないじゃないですか」

表参道にあるカフェに入り、テラス席に腰かけたところでさやかは抗議した。

「メンズの傾向を知るのも大切なことなんだよ」

きつい口調だったが、宇佐美はどこか満足そうだった。きっと自分の買い物ができたからだ。

さっき買ったばかりのジャケットを紙袋から取り出し、もう袖を通している。冬にもかかわらずテラス席の一番道路側に陣取ったのは、通行人に自分を見せたいからだ。ショートケーキが運ばれると、のっていたイチゴを脇によけた。好きなものは最後に食べるタイプなのだろう。

まったく。この男だけは何を考えているか手にとるようにわかる。

さやかはカフェラテを喉に通し、一つ息を吐いた。白い息が空気に消えたとき、空に鐘の音が響き渡った。

カフェに併設された結婚式場からドレスやスーツの人たちが出てきた。白い花びらが放たれ、タキシードの新郎と白いドレスを着た花嫁が、拍手の道を通る。みな笑顔だ。カフェの客たちも二人に拍手を送っている。

「どうして編集長は結婚しないんですか？」

花嫁を眺めながら、なんとなく聞いてみた。

「するわけないだろう。結婚なんてな、女が男から搾取するためにつくられたシステムだ。男の権利を半分にして、義務を二倍にする。それが結婚だ」

聞くんじゃなかった。自分が結婚式を挙げるときは、宇佐美には絶対スピーチを頼まない。会場を凍りつかせそうだ。

「あの幸せそうなカップルを見て、よくそんなこと言えますね」

「ふん」宇佐美は鼻で笑う。「知ってるか？　世界中の人にどんなときに幸せを感じるかってアンケートをとるとな、国や宗教に関係なく、だいたいのやつが結婚したときと答える。人間の脳は勝手に引き寄せられて結婚するようにできてるってことだ。あいつらも神の見えざる手に動かされているにすぎない」

「じゃあ、なんで最近の男は結婚したがらないんですか」勝手に結婚したがるなら、未婚の人が増える理由がわからない。

「結婚したくない男なんているわけないだろう。一生、孤独に生きていくことになるからな。そんな覚悟ができているのは、まあ俺くらいだ」

宇佐美は腕を組み、微笑を浮かべる。

あなたは結婚しないんじゃなくて結婚できないんですよ。そう言いたかったがやめておいた。

「いいか。社会がどんなに男女平等になっても、男が稼いで家族を養うっていう何万年も続いた生き方が染みついてるんだ。女がいい条件の男がいないって悩むのと同じように、男は養っていく自信がないと不安になる。だから男は結婚に二の足を踏む」

それはわかる気がした。仕事で一緒になった駆け出しのカメラマンが「いつ仕事がなくなるかわからないのに、結婚なんてできるわけがない」と言っていた。女は結婚したら男の人に支えてほしいと思うし、男だって結婚したら家族を支えるのが当然だと考えるのだ。時代が変わっても社会通念は変わらないかもしれない。

「まあ、逆に言えば、お前がその不安を補ってやれば結婚できるってことだ」

「それって女が経済的に支えろって意味ですか？」

「違う。男だって、できれば自分で養いたいと思ってんだ。補うべきものはもっと精神的なものだ」

「なんですか？　精神的なものって」

宇佐美は渋い顔をしてから、脇によけてあったイチゴをつまんだ。

「無職になったら養ってやるって言ってやれ」

「えっ、わたしが養うんですか……」持っていたカップをソーサーに戻した。

「もしそうなったらの話だ」

思わず顔をしかめてしまった。自分の結婚相手が無職になることなんて想像すらしたくない。

「どんなに金持ってるやつでも、将来はどうなるかわからないんだ。勤めている会社が倒産するかもしれないし、病気になるかもしれない。そんなとき、お前が男になって男を支えてやれ。プラダだってな、嫁がデザイナーやって旦那がマネジメントをやってんだ。二人で支え合いながらブランドを切り盛りして……」

話の途中、バッグの中で携帯が震えた。画面を見ると、今日三回目の非通知だった。たぶん和也だ。ヒロから聞いた、子会社に出向するという話を思い出す。もし和也が会社を辞めて無職だったら婚約をしただろうか、ふとそんなことを考えた。

やっぱり結婚となれば、先行きの見えない生活は送りたくない。無職になったらわたしが養う、なんて到底思えない。

少し心が痛んだが、携帯をそのままにしてバッグに戻した。

視線を戻すと、花婿に抱えられた花嫁が涙を流し、幸せを噛みしめるような笑顔を浮かべていた。

宇佐美は伝票を手に取り席を立つ。

「つまりな、誰かに幸せにしてもらうんじゃなくて、人を幸せにできる人間になれってことだ」

レジに向かいながら続けた。

「外見の美しさなんていつかは価値が下がるだろう。でもな、人を幸せにする力っていうのは、歳をとっても価値が下がることはないからな」

思わず宇佐美の背中をまじまじと見てしまった。そんなことを言うとは思ってなかった。

「二十歳の顔は天からの授かりもの、三十歳の顔は自分の生き様、五十歳の顔には価値が滲《にじ》み出る。これはココ・シャネルの言葉だ」

宇佐美はそう言ったあと、レジで「クーポンあります」と携帯を見せた。

11

一通りショップを巡ったあと、宇佐美は会社に戻った。海外出版に向けて新雑誌のコンセプトを練り直すらしい。手伝いましょうかと申し出たが、創刊が決まったら死ぬほど働いてもらうからと帰らされた。

線路沿いの道を歩く。夜だからか、急にひとりになったからか、なんだか淋しい。

手に息を吹きかけたあと、バッグの持ち手を肩にかけ直した。

「さやか」

突然、人影が現れ、思わず「ひっ」という声が出た。体が固まる。

隣の線路に電車が通り、暗闇から顔が浮かんできた。和也だ。

目に力がなく、髪がべたっとして、纏《まと》っている空気がいつもと違った。目の焦点も合っていない。

和也が近づいてくる。

「さやか……。俺が悪かった」

「どうしたの、急に」

「やっぱり俺はお前がいないとだめなんだ」

突然、和也が抱きついてきた。肩にかけていたバッグが潰れる。

「やめて」

「さやかじゃないとだめなんだ」耳にぬるい息がかかった。酒のにおいもした。

さやかは和也の胸を手で押さえた。それでも和也は無理やり体を引き寄せようとする。

「和也、やめて……」さやかは懸命に身をよじった。「ヒロから聞いたよ、会社のこと」

和也はそれに答える代わりに、力を強めて顔を寄せてきた。

「さやか、俺とやり直そう。な、さやか。な。俺のこと好きなんだろ」

片手で背中を押さえつけられ、反対の手であごを掴まれた。和也は口で口を塞ごうとする。懸命にそれをかわすと、首筋に唇が触れた。

同時に、和也のマンションで荷物を押し付けられた光景が過《よぎ》った。どうしてこんな人のことを好きになったのか。視界が滲む。

「やめてって言ってるでしょう」

顎のあたりを力一杯押し返した。意外にも和也は力なく膝を崩し、マンションの植込みに倒れこんだ。

「わたしがどんな思いをしたかわかってるの」

背中を叩きたかった。何度も泣かされ、傷つけられ、結婚を目前に浮気をされたのだ。それなのに仕事がうまくいかなくて、女に捨てられたら、復縁しようと迫ってきた。最低の男だ。

歩道の縁石にしゃがみこんだ和也は肩を震わせている。

もう相手にするのはよそう。紙袋とバッグを肩にかけ直し、和也のそばを通り過ぎようとしたときだった。

「怖かったんだ……」和也がぼそりとこぼした。「さやかに自分を見せるのが怖かった……」

さやかは思わず足を止めた。

「ずっとさやかの前で自分を演じてたんだ。仕事だって要領よくこなしていただけで実力なんてなかった。ここには自分よりできる男なんて死ぬほどいる。俺はどこにでもいるだめなやつなんだ。さやかにそれを見せるのが怖かった……」和也は地面に涙を落とした。

黒い服を着ているからか和也の輪郭はあいまいで、アスファルトに溶けこんでいるように見えた。

――和也に初めて会ったのは、予備校の廊下だった。

すれ違ったとき、膝が震え、破裂するんじゃないかと思うほど心臓の鼓動が速まり、授業が始まっても講師の言うことなんて耳に入らなかった。笑ってしまうくらい、わかりやすい一目惚れをしたのだ。

和也が着ていた制服から通っている高校を調べ、偶然を装って二日連続で学園祭に行った。和也の前を何度も通り過ぎ、やっと声をかけられた。

県内一の進学校に通う和也は、サッカー部のキャプテンで、当然、女子たちの憧れの的だった。だからさやかが相手にされることはなく、顔見知りになることしかできなかった。

それ以来、和也の授業が終わるまで自習するふりをして、待ち伏せするのが日課になった。予備校の自転車置き場で「じゃあな」と声をかけられ、「じゃあね」と答える、高校一年生のさやかにとって、それが恋愛の全てだった。

予備校を出たところで、和也が女の子と待ち合わせしているのを見たことがある。さやかが通う女子校の三年生だった。同性から見てもきれいな人だった。和也の好みに近づこうと、その先輩の着ている服やメイクを真似した。髪の色を明るくしすぎて、親と先生に怒られたことがあった。

その年の冬、サッカーの試合を観戦したときのことだ。和也にとって高校最後の大会だった。和也の彼女がスタンドの一番前にいて、さやかは同じマフラーを巻いて少し離れたところから応援した。

雲一つない空だった。0対0のロスタイム、和也が決勝点となるシュートを決めた。チームメイトが集まり、その中心で拳を突き上げた。スタンドの全員が和也に魅了された。

好きな人が活躍してくれたうれしさと、好きな人が手の届かないところにいるせつなさが入り混じり、今まで流したことのない涙が溢れた。

この人と一緒にいられたらどんなに幸せなんだろう。

恋人を抱きしめる和也を、遠くから見つめることしかできなかった。

その和也は今、アスファルトに膝をついて泣いている。

「さやかの思っている俺はとっくの昔からいないんだ。仕事ができるふりをして、ずっと自分を演じてた。何も持ってない自分を見せて、嫌われるのが怖かった。自分を曝《さら》け出せる他の女と関係を持って、孤独を散らしてた。俺はそういう男なんだ」

お前は男を知ろうとしていない。いつか宇佐美に言われたことを思い出した。

四年間も一緒にいたのに、和也がそんなことで苦しんでいることを知らなかった。

仕事ができて、いつもみんなの中心にいるのが和也だと思い込んでいた。

こんなに尽くしているのに、どうして自分だけを愛してくれないんだ。どうしてもっとやさしくしてくれないんだ。いつもそんなことでけんかをして、至った結論が結婚だった。結婚を利用して自分に縛ろうとしていた。和也の心の内を知ろうとしなかった。

目の前を電車が通り、和也の嗚咽を掻き消した。吊革を持った無表情な乗客と一瞬目が合う。

突き放したい気持ちを抑え、さやかは和也の顔にハンカチを差し出した。

「できるよ、和也なら」

和也が涙を飲みこむ。

「和也、わたしが寝てからこっそり起きて仕事してた。いつも接待で帰りが遅いのに、日曜日は朝早くゴルフに出かけてた。わたし、そばにいたからそれを見てた。すごいなって思ってた。だから和也ならなんとかなるよ」

気休めでなく本心で言った。和也は決して怠け者ではなく、見えないところで努力のできる人だった。女だけが大変なわけじゃない、男は男で大変なんだと、日曜日の朝に玄関で革靴を履く背中を見て思った。

和也は「ぐふっ」と声を漏らしたあと、洟をすすって、スーツの袖で涙を拭う。

「ありがとな、さやか」

なんとか立ち上がり、夜空を仰いだ。

「じゃあね、和也」

さやかは乱れたコートの襟元を直し、和也の脇を通ってその場を去った。

風が吹いて、視界の中で髪が揺れる。

東京の風は冷たかった。壁にぶつかるたびに、涙を拭って、肩を寄せ合ってきた。

でもそれはもう終わりだ。

来週、祐一が出張から帰ってくる。

もっと祐一のことを知りたいと思った。何を考え、何に喜び、何に悩んでいるのか。

それで祐一にはたくさん笑ってもらおう。飾らない素の自分も知ってもらって、永く一緒にいたい。

風で髪が流されないように、さやかは髪の毛の上からマフラーを巻いた。

*

それ以来、週末は祐一と過ごすようになった。

祐一は食べるのが好きらしく、マニアックな部位が食べられる焼肉屋とか、フレンチのシェフがやっているラーメン屋とか、少し変わった店に連れていってくれた。

山下公園のインドフェスに出かけたときは、サリーを着て写真を撮り、芝生にラグを敷いてインドカレーを食べた。

趣味が合うからか、祐一と過ごす時間は何をしていても楽しかった。それに祐一はやさしくて、さわやかで、純粋で、デートはいつもリードしてくれる。理想的な人だと思っていた。

でも、最近は悶々と悩まされている。

祐一は好きだとか、付き合おうとか言ってこないのだ。もちろん体を求めてくるわけでもない。手をつなごうともしない。

決して優柔不断とか受け身というわけではない。毎日のようにメールが届き、週末になるとデートに誘ってくる。

祐一をその気にさせるため、呼ばれたときに髪を片方にまとめてうなじを見せながら振り返るとか、ハイヒールをわざと道路の溝に挟んで、脱げたところを支えてもらうとか、雑誌に書いてあるようなテクニックも試した。でもだめだった。

今日だってそうだ。映画を観た帰りに飲んでいたら、終電がなくなった。土曜日だし、これはお泊りだろうと思った。一応、勝負下着を着けてきた。「さやか、好きだ」みたいなことになると思った。

でも、タクシーで送り届けられただけだった。つい、「ちょっとうち寄ってきなよ。もう遅いし」と男のようなセリフを口にしそうになってしまう。

さやかは部屋のドアを閉め、ブーツを履いたまま玄関にへたりこんだ。姿見に映った短いスカートをはいた自分につぶやいた。

男心がわからん——。

女を誘わないのが申し訳ないと思わないのだろうか。もしかしたら育ちが良すぎて、結婚するまで女の子とそういうことをしてはいけないと躾けられているのか。それとも単純にわたしに興味がないだけ？　でも、興味のない女を何度もデートに誘う？　ただの友達ってこと？

うー、なんなんだ、この堂々巡りは。これなのか、巷の女子たちを悩ませる今どきの男子というやつは。

手の力が抜けて、なかなかブーツのジッパーをおろせなかった。

「編集長、ちょっといいですか」

月曜日の午後、祐一のことを相談するためデスクにいた宇佐美に話しかけた。

「黒木君どうした？　何か困ったことでもあるのか」普通の上司のような口調で宇佐美は言った。なんだか気持ち悪い。

「何かいいことでもあったんですか？」

「聞きたいか」

「いや、特に……」

あいまいに返事をしたが、宇佐美は「誰にも言うなよ」とネクタイを緩めてから「いやー、それがまいってな」と話し始めた。全くまいってなさそうな笑顔だ。

「前に、うちの雑誌をアジア展開させる話をしただろ。あれが正式に決まってな。もちろん俺がやるんだけど、軌道に乗ったら取締役にしてもいいって、幹部が言ってきたわけよ。いやあ、見てる人は見てるね」

宇佐美は鏡の前で髪を直す。念願だった昇進がかなおうとして、笑みを抑えられないようだ。

「そういうわけで、俺はもうすぐ取締役だから、君のような末端社員と口をきける機会はなくなるかもしれない」

「もう編集長じゃなくなるってことですよね。じゃあ結婚の企画やめてもいいですか」

「だめに決まってるだろ。半年以内の結婚を条件でお前を雇った。結婚できなかったら、契約違反でクビだ。取締役はな、ときに冷酷な経営判断をしなければならない」

まだ、取締役になったわけじゃないでしょう。それにあと一か月で結婚なんて無理だ。

「まあでも、今日は特別に取締役の俺が相談に乗ってやろう」

宇佐美は会議室の扉を開いた。先に入れてくれるのかと思い、部屋に入ろうとしたら、肩がぶつかった。宇佐美は「取締役が先だろ」と、再び肩をぶつけてきた。

まったく、もうっ。「この中学生が」と口の中で毒づいた。

「で、あいつとはどうなったんだ？　なかなかいいやつじゃないか」ソファーにもたれた宇佐美は足を組み、上から目線で祐一のことを聞いた。

「そのことなんですが……」

少しためらったが、祐一とは毎週のように会ってはいるものの、それ以上進展がないことを正直に話した。

「じゃあ、今すぐ関係を確認することだな」

「それって、付き合ってるかどうか聞くってことですか？」

「そうだ」

「それは、ちょっと……」さやかは口元をゆがめた。

選択を迫るようなことをして、祐一を失うようなことは避けたいし、告白の言葉は男の口から聞きたい。それが女心だ。

「だめだ。自分と付き合う気はあるのか、付き合ったあとは結婚する気があるのか、相手の意思は必ず確認しろ」

「どうしてですか。そんなこと聞かなくたって一緒にいるうちに自然と恋人になったり、結婚したりする場合だってあります」

「甘いな」宇佐美が鼻で笑う。「お前の目的は結婚だろ。その目的を達成するのに、今、一番失ってはいけないものはなんだ？」

「そりゃあ、彼じゃないですか」

「違う、時間だ。お前もう三十だろ」

「編集長、わたしのこと、三十、三十って言いますけど、わたしもう三十って思うのやめて、まだ三十って思うことにしたんです。三十は三十でいいこともあるんですよ」

「なんだ？　いいことって」

「なんていうかこう、世の中のことがわかってきて、感覚が洗練されてくるというか、自然に生きられるというか、逆に余裕が出てくるというか」

「お前に余裕なんかあるかっ」宇佐美が大きな声を出した。「江戸時代でいったら、三十なんて孫がいる歳だ。もしお前がパンダだったら一回死んでるぞ」

「どうして、わたしがパンダなんですか」頭に血が昇って、思わず大きな声を返してしまう。

「五年たったら、お前は三十五だろ。そいつはいくつだ?」

「三十三ですけど……」

「お前、三十五。男、三十三。不利だよなあ、お前……。圧倒的に」

うっ……。たしかに、男の三十三なんて、まだまだ男盛りだけど、女の三十五は崖っぷちだ。

「このまま、あやふやな関係が続いて、五年後に付き合ってるつもりなんてなかったって言われたらどうするんだ。つらいぞ、女の三十五で独り身は」宇佐美が脅すように言った。「きっと、途方にくれて毎晩、街を徘徊するだろうな」

「そんなふうにはなりませんよ」否定したが、本当は不安だった。三十五で男にふられるなんて、想像するのも恐ろしい。

「男なんてな、世の中にいくらでもいる。でも、お前の時間は失ったら戻ってこない。だからお前は付き合ってるのか確認して、だめだったら別れて次を探せ」

「いくらなんでも極端ですよ。まだ出会ったばかりなのに、確認してだめだったらすぐ別れるなんて」

「ふん」宇佐美は立ち上がってブラインドの隙間から外を眺める。「お前、ベルナール・アルノーを知ってて言ってんのか？」

さやかは首を傾げた。

「アルノーはな、世界最大のブランドグループＬＶＭＨ《モエヘネシー・ルイヴィトン》の会長だ。もともとは不動産屋だったが、ブランドを買収しまくって、ヴィトンもディオールもブルガリもジバンシーもセリーヌも全部、自分の傘下に収めた。その攻撃的な経営姿勢から『ターミネーター』とか『カシミアを着たオオカミ』って呼ばれてて、俺の思想にかなり近い」

宇佐美は椅子にかかっていたストールを首に巻いて、頬で肌触りを確かめた。カシミアなのだろうか。

「しかも、ただ買収しただけじゃない。ディオールを買ったときは、三十年近く勤めていたデザイナーを辞めさせるし、セリーヌを買ったときも創業者のセリーヌ・ヴィピアナを辞めさせるし、ルイ・ヴィトンを買ったときも創業者一族を経営から追い出した。つまりアルノーはブランドをつくったやつからブランドを取り上げていったんだ」

「えっ、どうしてそんなことしたんですか」

「高級ブランドっていうのは、伝統や歴史を重んじるから、どうしたって保守的になる。悪く言えば古臭くなるんだ。だから、低迷したブランドを安く買い叩いて、マーク・ジェイコブスとかジョン・ガリアーノとか新しい世代のデザイナーを起用して、ブランドイメージを向上させた。アルノーは富裕層だけじゃなくて、中間層に高級ブランドが普及することを読んでいたんだ。そうやって、世界的に普及させたんだよ」

たしかに、ヴィトンもディオールも昔よりオシャレだし、可愛いのがたくさん出ている。

「お前も結婚したいならアルノーのように目的に忠実になれ。そして不要なものは切り捨てろ。一番大切なものを手に入れるためには、二番目に大切なものを捨てなきゃいけないときがあるんだ」

「でも、怖いですよ。彼に付き合っているか聞いて、そんなつもりなかったって言われたら……」

「じゃあ、三十五で男に捨てられて、街を徘徊するしかないな」

「例えが極端すぎますよ。何かないんですか、なんていうか、こう……、男の人が俺にはこいつしかいないって思う瞬間みたいなの。編集長も男だったら、そういうの教えてくださいよ」

「まあ、病気か転勤だろうな。男が結婚を決める理由の一位と二位だ」

病気か転勤と言われても、病気なんて待つものじゃないし、祐一はインドへの転勤を断ったと言っていた。

「病気も転勤もいつなるかわからないじゃないですか。時間がないんですよ、わたしには」

「そんなの病気にさせればいいだけのことだ」

「は？」

「古いものでも食わせれば一発で体調崩すだろ。食中毒くらいならすぐ治る」

「そんなこと、できるわけないじゃないですか」

「手段を選ぶな。アルノーがルイ・ヴィトンを買ったときなんかな、七十代の経営者に、四十歳のアルノーが相談に乗るふりして乗っ取ったんだぞ」

「最低じゃないですか、その人」

「ああ。裁判にもなって、フランス史上最も醜い買収劇と叩かれた。だがな、俺が言いたいのは、それでもアルノーはヴィトンが欲しかったってことだ。欲しいものを手に入れるためには、どんな軋轢《あつれき》や批判も恐れない。その貪欲さがＬＶＭＨという最大のグループをつくったんだ」

宇佐美は緩めたネクタイを締め直し、シャツの襟を正す。

「結局な、結婚できるやつっていうのは、目的意識が強いだけなんだ。どうしても手に入れたいって思いがあるから、まわりの評価とかプライドとかをかなぐり捨てて行動できるんだよ」

それを聞いて、さやかは学生時代の友人のことを思い出した。その子は医者か官僚と結婚するといって、そういう人たちとの飲み会を繰り返し、本当に開業医と結婚した。

あのときは、よくやるなと思っていたけど、今思えば、自分が欲しいものを素直に追い求めていただけなのかもしれない。

「お前も目的に貪欲になれ。ココ・シャネルだってな、翼を持たずに生まれたなら、翼を生やすためにどんなことでもやれって言ってんだ」

そのとき宇佐美の電話が鳴った。

「ああ、社長、宇佐美でございますー。……海外展開の件ですか？　ええ、はい、もちろん。大船に乗ったつもりで、この宇佐美にお任せください。……えっ、今からですか？　……いやいや、すぐ伺います。二分で行きます。二分で！」

急に高い声を出して、電話の向こうに頭を下げる。

「悪いな黒木、取締役の時間は貴重なんだ」

宇佐美はジャケットを羽ばたかせるように振り回してから袖を通した。

「取締役　宇佐美博人」誰に聞かせるでもなくつぶやき、足早に部屋を出ていった。

12

さやかは思い切って祐一を部屋に呼ぶことにした。

「わたしたちって付き合ってるのかな」

そのセリフを改まって口にするのは抵抗があるので、手料理でもてなし、自然にその話題に触れる作戦をとることにした。ベタな手だが、胃袋を掴み、嫁にしたい女をアピールする。

作戦実行の日、新しいエプロンで仕事帰りの祐一を出迎えた。ソファーに座らせ、ビールを注ぐ。

「冷蔵庫にあるもので、ぱぱっとつくるからちょっと待ってて」

本当は昨日から材料を仕込んでいたが、そう言ってキッチンに立った。

献立は母、美恵子直伝の筑前煮とあさりの味噌汁だ。きっとこういう家庭料理のほうが男受けはいい。

さやかは水を入れた鍋を火にかけ、人参とゴボウを切った。ごま油をひいたフライパンに醤油に漬けておいた鶏肉を広げる。沸いた湯の中に、砂抜きしたあさりを投じた。しばらく火にかけても一つだけ殻の開かないあさりがあった。死んでいるのだろう。脇によけようしたとき、ふと、ある考えが過った。

宇佐美が結婚を決める理由の一位は病気だと言っていた。あさりの貝殻を無理やり開き、それをさりげなく祐一のお椀に入れておけば、食べてしまうかもしれない。貝にあたるのは結構きついって聞く——。

うわっ。何を考えているんだ、わたしは。思わず菜箸を落としてしまう。

宇佐美のせいで人格が崩壊してきたのかもしれない。気持ちを落ち着かせるため、流し台に手をつき水を飲んだ。しばらく動悸が収まらなった。

祐一は、そんなことを知る由もなく「冷蔵庫にあるもので、こんなのつくれるなんてさやかって料理上手なんだね」と、出来上がった料理をおいしそうに頰張った。

祐一の無邪気な顔を見ていたら、付き合っているのか聞くことはできなかった。

週末は郊外にあるインテリアショップへドライブをすることになった。

ソファーが古くなったので新しいのを探していると話したら、祐一が車を出してくれると言ったのだ。「悪いから」と遠慮したが、祐一は遠くに行きたい気分だからと譲らなかった。

週末に会うのは、二人の間で暗黙の了解になっている。だけど、朝から会うのは今日が初めてだ。しかもドライブだから、二人きりの時間も長い。

今日こそ確かめよう、祐一の気持ちを。さやかはシートベルトを引きながら決意した。

車が走り出すと、バックミラーにかかったお守りのようなものが揺れた。それを見て祐一が口を開いた。

「日本に戻るとき、友達からもらったんだ」

「インドの友達？」

「うん」祐一は小さくうなずく。「インドの人ってさ、日本よりはるかに恵まれない環境なのに、とにかく前向きで、先のことを心配してもしょうがないって考えるんだ。だから、俺が落ち込んでると、そんな無駄なことやめろってよく励まされた。これを見ると、そのときのことを思い出すんだ」

それから祐一はインドに住んでいたころの話をしてくれた。十歳のころから四年間チェンナイというところに住んでいて、両親と三人で暮らしていたらしい。いまでも出張か観光で半年に一回は行くという。

「さやかと行けたらな……」祐一がつぶやく。

祐一とインドか。

旅行のときに見たウダイプールのホテルが頭に浮かぶ。そのホテルは昔マハラジャが住んでいた白い宮殿で、湖に浮かぶように建っていた。まるでおとぎ話のような光景だった。祐一と新婚旅行で泊まれたら、どんなに素敵なんだろう――。

って、なに想像しているんだ、わたしは。まだ付き合っているわけでもないのに。

さやかは頬が緩んでいることに気づき、真顔に戻した。にやついた顔を見られなかったか心配になり、バックミラーごしに祐一の顔を覗いた。何か別のことを考えているような目をしている。そういえば今日はいつもより口数が少ない。運転に集中しているのだろうか。

高速をしばらく走ると海が見えてきた。海面が光を反射して白く輝いている。それを背景にした祐一の横顔は絵になる。

祐一は一緒にいて落ち着く。男らしいのに笑顔が可愛らしい。こういう年下の男が自分には合っているのかもしれない。

あぁ。なんかうっとりしてきた。胸に湧く「好き」という気持ちは何歳になっても変わらない。

ただ、インテリアショップを何軒かまわり、海が見えるレストランで食事をしたが、「わたしたち付き合ってるのかな」はなかなか言い出せなかった。時間が過ぎていき、日が沈みかけてきた。

「ここが最後かな」

祐一が車を停めたのは古い倉庫を改装したような建物の前だった。

店に入ると床に段差があったので、祐一が手をつないできた。たったそれだけのことなのに、胸が異常に高鳴る。

奥に行くと、キッチンとダイニングが展示されたスペースがあった。

古材でつくられたテーブルのまわりを、ペンキ塗りの不揃いの椅子が囲んでいた。まるで写真集から飛び出してきたような食卓だ。

「このテーブルいいね」

祐一が椅子に座り、かごに飾ってあったプラスチックのリンゴを掴んだ。

「こんな食卓だったら、毎日ご飯つくっても飽きなさそう」向かいに座って、わざと聞こえるようにつぶやいた。

「なんか、こうやって一つの食卓に座ってると、またさやかの手料理を食べたくなるよ」

前につくった料理を褒めてくれた。きっと筑前煮が効いたんだ。お母さんありがとう。さやかは心の中で親に手を合わせた。今だったら付き合ってるのか聞いても自然だ。

さやかは祐一に聞こえないように咳払いをしてから言った。

「ねえ、祐一」

「ん?」祐一がやさしい笑顔を向ける。その顔がまたよくて、聞くのをためらった。聞け、聞くんだ。さやかは自分に言い聞かせた。

「わたしたちって、付き合ってるのかな?」

思い切って口に出した。すると、祐一の表情が硬くなり、持っていたリンゴをかごに戻す。

「そのことなんだけど、実は……」

あっ、しまった。明らかに声のトーンが下がって顔が曇った。

よく考えたら、その辺の若くて可愛い子が祐一をほっとくわけがない。実際、栗原美里も祐一に好意を寄せていた。彼女なんてつくろうと思えばいつでもできるはず。「実は彼女がいる」とか「誰とも付き合うつもりはない」とか、きっと、そんな言葉を続けようとしているのだ。

「あの、なん、なんていうか、別に深い意味はないの」取り繕うように言って、言葉を噛んでしまった。「わたしの友達って彼氏がいる子が多いから、ちょっと気になったっていうか、わたしは今のままでも全然いいんだけど……」しどろもどろになった。

「あとでちゃんと言おうと思ったんだけど……」

祐一はそれだけ言って止まってしまった。何かを言い出そうと、言葉を選んでいるように見えた。

カップルが近くを通りかかる。気まずい空気を察したのか、すぐに視線を逸らされた。お店にディスプレイされたテーブルで、けんかを始めたカップルだと思われたかもしれない。

今思えば、今日の祐一は少しおかしかった。口数も少なかったし、無理をしてドライブしていたようにも見えた。

重苦しい時間が続き、和也に別れを告げられたときのことが頭を過った。「わたしのこと好き?」「いつ、結婚するの?」「ちゃんと考えてくれてる?」そんなことばかり言った結果が「お前、重い」だった。

うつむいていると、突然、テーブルの上で祐一に手を握られた。

「さやか、俺についてきてほしい」

「へ？」声が裏返った。

「一緒にインドに行ってほしいんだ」

「えっ、インド……」

「うん」真剣な顔で祐一はうなずく。「いつかはやらなきゃいけないと思ってたんだけど、ずっと逃げてた。でも、このままじゃいけないってわかったんだ。だから俺はインドに行くことに決めた。さやかにもついてきてほしい」

たしか、祐一はバンガロールの支店へ転勤を勧められていると言っていた。宇佐美の話だと、男が結婚を決める理由の二位は転勤——。

ということは、もしかしてプロポーズ。

え——。頭が真っ白になる。心拍数が一気に上がった。

「インドは近いうち日本のGDPを抜いて——、インフラもかなり整備されてきたから——、俺は日本企業が世界に——、三か月後には日本を離れて——」

祐一がインドでの仕事についていろいろ説明しているが頭に入ってこなかった。

代わりに、湖に浮かぶ宮殿ホテルを思い出す。気づいたらその中に入りこんでいた。天蓋付きのベッドには花びらがちりばめてある。窓際に立つと見渡す限り湖の青だった。

窓ガラスに映った祐一がこっちに近づいてくる。うしろから抱きしめられた。

「ここでの生活も今日で終わりか。さやかには苦労かけたな」

「いいの。あなたと一緒だったから、こっちの生活も楽しかったわ」

「東京に帰ったら家を買おう。庭付きの白い家を」

「本当？　じゃあ犬を飼ってもいい？」

「ああ、もちろんだよ。でも、そろそろ子供も欲しくないか」

膝から抱えられて、体が宙に浮いた。ベッドに放り投げられ、目の前に花びらが舞う。祐一が覆いかぶさり、ネクタイを緩める。

「だめだって、祐一。今は、ああ。もうっ、祐一ってば……」

——さやかさん！

祐一の声が響き、体がびくっとした。景色が家具屋に引き戻される。祐一の向こうでカップルがこちらを見てひそひそ話している。

「必ず幸せにします」祐一が握る手に力が入った。

「それって……、もしかして……」

祐一が売り物の椅子から立ち上がった。さやかも思わず席を立った。そうしなきゃいけない気がした。

かごから落ちたプラスチックのリンゴがテーブルを転がる。

祐一がジャケットのポケットから指輪の箱を取り出し、それを開いた。ちりばめられた小さな石たちが輝く。

「さやかさん好きです。僕と結婚してください」

催眠術にかかっているかのように、左手が勝手に持ち上がった。

*

「さやか、これからもよろしく」

帰りの車の中で祐一が上気した顔で言った。こころなしか車のスピードが速くなった気がする。

「こちらこそよろしくお願いします」

「本当は、海岸を散歩しながら言おうと思ったんだけど、話の流れでフライングしちやったよ」祐一は笑った。さやかもつられて笑う。

車は高速道路を走った。道の先に見える不揃いのビルたちは夜空を煌々と照らしている。

「俺、さやかのことが前から好きだった」

祐一はハンドルを握り直し、前を見たまま続けた。

「でも、インドに連れていくわけにはいかないから、ずっと自分の気持ちをしまいこんでいたんだ。なのに、さやかと同じ時間を過ごしているうちに、どんどん気持ちが大きくなって、一緒にやっていきたいって思いを抑えられなくなった」

好きという言葉を聞くと、胸の高まりがおさまり、幸せな気持ちが胸の中に満ちてきた。

インドに住むのは不安だけど、転勤だったら二、三年の我慢だ。それに海外勤務は手当てもつくから、結構いい暮らしができるって聞いたことがある。転勤先のバンガロールはインドの他の都市に比べたらだいぶ住みやすそうだ。

会社を辞めるのは心残りだけど、帰ってきたら復帰すればいい。正社員は無理かもしれないが、アルバイトか契約社員ならなんとかなる。そういう先輩を何人か見てきた。

さやかは改めて薬指を眺めた。高速道路の外灯が通り過ぎるたびに石が輝く。とうとう結婚が決まったんだ。しかも相手は自分の好きな人。少し間抜けなプロポーズだったけど構わない。今この瞬間、世界で一番幸せなのは、きっとわたしだ。王子様に見初められた町娘がお城に迎え入れられるとき、こんな気分になるんだろうか、柄にもないことを考えてしまう。

「もっと早く言ってくれればよかったのに」ギアを握る祐一の手に、さやかは自分の手を添えた。

「なかなか言えないよ。そんなこと」

「言ってよ。これからは夫婦じゃない」恍惚に浸ってるせいか、そんなことまで口にしてしまう。

「ありがとう。でも、なかなか言えないよ。会社辞めてチェンナイに行ってくれなんて」

「いいって、そんなこと。わたしインド好きだし……」

ん？　ちょっと待って――。会社を辞める？　チェンナイ？　さやかはシートを起こし、運転席に体を向けた。

「行くのってバンガロールじゃないの？」

「ううん、バンガロールじゃなくてチェンナイ」

「チェン……ナイ……？」思わず目を剥いた。

「そう。さっきも話したけど、やっとチェンナイで開業許可がおりたんだ。小さいけど都心にオフィスも借りられたし、ビジネスパートナーも見つかった。融資してくれるところが見つかるまでは貯金と退職金を運転資金にあてる。といっても、その指輪で結構使っちゃったけど。ははは」祐一が満足そうに笑っている。

さやかも笑おうとしたが、顔が引きつってうまく笑えなかった。

「普通は信用できるインド人のビジネスパートナーを見つけるのに苦労するんだ。でも、ラージューがいてくれて、かなり恵まれてるんだ。あっ、ラージューっていうのは大学院で同じコースだったインド人。今度さやかにも紹介するから」

「あ、うん、ぜひ……」

さっき開業って言った。どうやら、祐一は転勤するんじゃなさそうだ。舞い上がってそんな大事なことを聞いてなかった。

どんな仕事なのか、その仕事で食べていくことはできるのか、日本には帰れるのか、いろいろ気になったが、聞いてしまうと、手ですくった水のように幸せが零れ落ちてしまいそうで聞けなかった。

車が高速道路を降りた。コンビニやファーストフード店の見慣れた看板が視界を流れる。

ずっと胸の鼓動が収まらない。さっきまでと違い、追い詰められたような鼓動だ。

黙っていると、祐一が口を開いた。

「うちの親父はさ、東南アジアやインドに電化製品の販路をつくるのが仕事だったんだ。日本に馴染みのない国でも、ソニーとかトヨタとか日本企業の看板が増えていくのを見ると、日本に生まれたことを誇りに思えたし、親父を尊敬できた」

赤信号の交差点で車が停まり、祐一がサイドブレーキを引く。

「でも、今や日本の電機メーカーは韓国や台湾の企業に大きく差をつけられている。近いうちに、自動車産業でも同じようなことが起きる。このままいけば世界から日本の製造業が淘汰されてしまう。かといってグーグルやアマゾンのような世界に通用するベンチャーは日本に一つもない」

祐一の話す速度があがる。

「こんな状況を黙って見てられないんだ。だから俺は日本のメーカーがインドに進出しやすいように現地でコンサルティングをする。インドって今、ものすごい勢いで裕福な人が増えてるから冷蔵庫や洗濯機が飛ぶように売れてるんだ。ものづくりが得意な日本が復権するチャンスがある。もちろん自分一人じゃどうしようもないのもわかってる。でも、俺にしかできないこともあると思う」

それが成功するのか、安全なのか、よくわからなかった。代わりに聞きたかったことを聞く。

「それって、お父さんの仕事を継ぐわけじゃないんだよね？」

「ううん。継ぐもなにも、うちの実家って借金まみれだし」

「えっ、そうなの？」

「うん。うちの親父はいろいろビジネスに手を出したんだけど、この前の金融危機で失敗してるんだ。自己破産も考えたらしいんだけど、どうしても家族に家を残したくて、今でもあんなに必死に働いてる」

信号が青に変わり、祐一はアクセルを踏む。

「親父は元々貧乏で、独学で勉強して起業したんだ。経営で相当苦労したから、事業を起こすのだけは絶対やめろって言ってる。いい大学を出て一流企業に入る。それが親父の望む生き方なんだ。でも、俺は自分のやるべきことを見つけた。親父の反対を押し切って行くわけだから、必ず成功させなきゃいけない。だから骨を埋めるつもりでやる」

やめようよ、そういうの――。日本に生まれて、いい会社に入ったんだから。それでいいじゃん。やっと恋が実ったと思ったのに。どうして普通に暮らしてくれないのか。

なんだか体の力が抜けて、祐一が少し遠く感じた。

「ねえ……、わたしのどこがよかったの？」さやかはつぶやくように聞いた。

「短い時間だけどさやかと一緒にいてわかったんだ。さやかって一緒にいて楽しいし、いつも笑っていられる。結婚して家庭をつくっていくわけだから、笑って過ごすこと以上に大切なことってないだろ。それと……」

「それと？」

「倉庫で袋詰め手伝ってくれたとき、どこでも生きていけるって言ってくれたの覚えてる？」

「あ、うん……」そんなこと言った気もする。

「あのとき思ったんだ。この人とならどこでもやっていける、俺の結婚相手はこの人以外いないんじゃないかって」

祐一が笑って続ける。

「あー、早くさやかにチェンナイを案内したい。チェンナイってさ、ものすごく暑くて最高気温が四十五度いったりするんだよ。だから、たまに家の前に牛の死体が転がってて、玄関のドアが開かなかったりするんだ」

祐一が微笑みながら、さやかの左手を握った。

指の間で、また石が輝いた。

＊

祐一の決意は固かった。

すでに退職届を出し、現地に移住する手続きを進めていた。いくつかのクライアントと話をつけていて、三か月後には日本を発ち、実際に起業をするという。

来月、父親の会社が創立三十周年を迎えるらしく、そのパーティーでインドに渡ることを父親に許してもらうとも言っていた。

祐一は両親へのプレゼントに花束と温泉旅行を準備している。そんな心やさしい人がインドで事業を起こしてうまくいくのだろうか。少なくとも成功するには時間がかかるはず。安定した生活は当分無理そうだ。

それに祐一はさやかのことをインドでもアフリカでも生きていける、たくましい女だと勘違いしている。

インドに旅行に行ったときだって、バックパック旅行のつもりで出発したが、結局リゾートホテルに泊まり、一等車で移動した。向こうで見た住環境は、お世辞でも住みたいとは思えなかった。実際、チェンナイは暑すぎて寺院を巡る予定を切り上げた。インドに行くのは非日常を味わいたいからだ。あの生活を日常にはしたくない。

やっぱりインドはやめました、今の会社を辞めずに、さやかと笑顔の絶えない家庭を築きます。そんなことを言い出してくれないだろうか。

無理だよなあ。あの顔は本気だった。


翌日、会社に着くと宇佐美から電話がかかってきた。

「黒木、悪い。忘れ物をしたから、デスクにある紙袋を下まで持ってきてくれ」

rizの海外展開は、台湾の出版社と折り合いがつかず、契約が難航していた。それを受けて宇佐美が現地へ出張し、直接交渉しに行くことになった。

電話をしながら、宇佐美のデスクに行くと、黒い布がはみ出た紙袋が脇に置いてあった。中を覗くとシルクハットや蝶ネクタイが見える。何これ？　宴会でマジックでもやるのだろうか。

下でそれを渡すと「危なかった。交渉の最終兵器を忘れるところだった」と中身を確めた。いったいどんな交渉をするんだ。わけがわからない。

「あのう、相談があるんですけど……」

さやかは宇佐美を駅まで送りながら、祐一からプロポーズされたことを話した。会社を辞めてインドに行くことも。

「全て俺の戦略どおりになったな。自分の実力が怖いよ。サイドビジネスで結婚相談所でもやるか。コメンテーターの道もあるな」宇佐美は大声で笑う。「それで、向こうの親にはいつ挨拶にいくんだ?」

「再来週、お父さんの会社のパーティーがあるんで、それが終わったあと、挨拶させてもらう予定です」

「そのパーティーなら、俺も行くぞ」

「え?　どうして編集長が来るんですか」

「柏木社長とはな、新雑誌のスポンサーになってもらうために地道に関係をつくっといたんだ。お前が結婚するおかげで交渉がしやすくなった」

「なんか、わたしの結婚を利用しようとしてません?」

「俺のおかげで結婚できるんだから、少しくらい会社に貢献してもいいだろう」

宇佐美が来るのか。悪いイメージしか浮かんでこない。

「余計なことしないでくださいよ。大事な日なんですから」

「ふん」宇佐美が鼻で笑う。「俺がいたほうがいいと思うけどな。あの社長、何度か会ったことあるけど厳しいぞ。お前みたいながさつなやつが気に入られるとは思えない」

「えっ？」

「考えてみろ、お前は長男の嫁だ。しかも柏木君は一人息子。厳しい目で見られるぞ」

うっ、痛いところを突かれた。祐一のお父さんを何度かテレビで観たが、とにかく怖そうだった。気に入られるか心配だった。

「でも、編集長……。突然インドに行くなんて言われて、わたしまだ迷ってるんですよ」

「環境を変えることを恐れるな。ミウッチャ・プラダだってな、ずっとパントマイムやっててデザインなんかやったことないのに、プラダの経営を親に頼まれ、後を継いで立て直したんだ」

よくわからない例えだ。

「でも、インドですよ……」

「いいじゃないか。そんな志の高いやつ、いまどきなかなかいないぞ。それにお前好きだろ、インド」

「旅行じゃないんですよ。永住するんですよ。向こうで事業に失敗するかもしれないし」

「男が仕事に失敗したら、支えてやれって言っただろ」

「そんな簡単に言わないでください。わたし日本にしか住んだことないんですよ」

交差点の赤信号で立ち止まった。前を見たまま宇佐美が言う。

「俺はお前がそんな弱いやつだとは思わないけどな」

宇佐美っていったいなんなんだ。口が悪くて、いつも子供っぽいことばかり言うのに、突然男を感じさせるようなことを言う。だから、どきっとしてしまう。ごく稀にだけど。

陽が射してきたからか、宇佐美はコートを脱いだ。相変わらず高級そうな白いシャツを着ていて、おしりのポケットからきれいに折りたたまれたハンカチを小さく見せていた。

よく考えたら、いつも自分のことを話すばかりで、宇佐美のプライベートなことは何も知らない。ずっと会社にいるし、休みの日も仕事をしているようだ。仕事ばかりしているから、恋愛する暇もないのか。結婚しないとしても、彼女が欲しいとか思わないのか。今日はなぜかそんなことが気になる。

信号が青になり、横断歩道を並んで渡った。

「編集長、出張は今週いっぱいでしたっけ？」

さやかが聞くと、宇佐美は「ああ」と短く答える。

「じゃあ、校了と重なるんですね」

「三浦に全部任せたから大丈夫だ」

いくら多香子でも大丈夫だろうか。自分の特集も抱えながら、宇佐美の仕事もやる。しかもベテランの編集者が一人辞めたばかりで、ｒｉｚ編集部は人手不足だ。

「三浦を支えてやれ」宇佐美はいつになく真剣に言った。


しばらく歩いたところで宇佐美が立ち止った。

「ちょっとここ寄っていいか」

最近できたセレクトショップの路面店で、国内外のデザイナーズブランドを幅広く扱っているらしい。

店に入ると、宇佐美の顔つきが変わった。店員さんと話しこみ、ハンガーに掛けられた服を食い入るように見る。男の人が仕事をするときの目になった。女を寄せ付けない目だ。

店の中をぐるっと回ると、古い棚の一番上に飾られていたハイヒールが目に留まった。

「あの靴、素敵ですね」店を出るとき、宇佐美に言った。

「どれ？」

「あれです」さやかは靴を指さした。

「あれはシンデレラの靴だ」

「シンデレラの靴？」

「ああ。クリスチャンルブタンの限定品だ」

ルブタンなんだ。つま先からかかとに向かう白いエナメルの曲線に美しさがあり、かかとから真下に伸びる細いピンヒールには無駄を削った強さがあった。

「ルブタンはな、通常販売している靴とは別に、数十足だけ一点ものの靴をつくってるんだ。それが一部ではシンデレラの靴と呼ばれてる」

「数十足だけですか？」

「ああ」宇佐美は靴の前まで歩き、腕を組んだ。「誰も持っていない靴を履く喜びを味わってほしい。それが職人クリスチャン・ルブタンの哲学なんだ」

なんか素敵な話だ。あれを履いたらどんな気持ちになれるんだろう。

「まあ、俺がクリスチャン・ルブタンだったら、今ごろ、事業拡大をして世界的な成功を収めて、世界の経営者百人に選ばれたあと、LVMHからヘッドハンティングされて……」

「あのう」気持ちよさそうに話している宇佐美を遮った。

「なんだよ」

「履いてもいいですか」

「は？　お前、今の話聞いてた？　気軽に履く流れじゃないだろ」

さっきまで話していた店員さんを見る。

宇佐美に気をつかってか、笑顔で「どうぞ、どうぞ」という素振りを見せた。ちょっと厚かましいと思ったけど、一生に一度でいいから履いてみたい。そう思わせるほど輝いて見えた。

「しょうがねえな」

脚立を使わないと届かないところにあったが、宇佐美は背伸びをして、それをとった。「座れ」と言って一人掛けのソファーを顎でさす。

ソファーに座ると、宇佐美が立て膝になった。どうやら履かせてくれるらしい。

パンプスを脱ぎ、宇佐美の手のひらにかかとをのせた。つま先に宇佐美の指が触れ、足が自分のものではないような感覚だった。

宇佐美は赤い靴底を持ち、かかとのうしろで細いストラップを丁寧に締める。

「履けたぞ」手を払い、立ち上がりながらぞんざいに言った。

靴は奇跡的にぴったりだった。鏡に映すと、ますますよかった。ヒールは高いが、少し歩くと履き心地のよさがわかった。靴を履く前より、きれいになった気がする。

「早く脱げよ」鏡の前でポーズをとっていると、宇佐美が呆れたように言った。

「これ、買ってください」

「バカか。売りもんじゃねえよ」

「わたし、最後までｒｉｚの仕事頑張るんで買ってください」

自分はｒｉｚのためにできる限りのことをしたい。そういう思いを伝えたくて、冗談交じりにそう言った。

宇佐美は一瞬力が抜けたような顔をして、しばらく黙ってから口を開く。

「お前が結婚したら、買ってやるよ」

「えー」さやかは顔をゆがめた。

「いいから早く脱げ」

靴を履き替えて店員に頭を下げた。出口に向かって歩き出していた宇佐美に小走りで並ぶ。

「お前さ」宇佐美が難しい顔をつくって言う。

「なんですか？」

「足、臭うぞ」

背中をグーで殴った。ドアを開けてくれた店員が苦笑していた。

13

週末の夜、祐一の家に泊まりにいった。祐一がお風呂に入っている間、テレビに目をやると祐一の父親が映っていた。

「だから言ってるだろ。いくら量的緩和をしたって、インフレにはならないんだ。どうしてこんな簡単なことがわからない」

政治の討論番組のようだった。司会者の制止を無視して、歯に衣着せぬ物言いで出演者に噛みついている。

「お前、アナウンサーだろう。プロ野球選手と合コンしてる暇があったら、新聞の一つでも読んだほうがいいんじゃないか。俺は読んだぞ、昨日のスポーツ新聞。お持ち帰りされたそうじゃないか」

会場がどっと笑い、気の強そうな女子アナが涙ぐんでいた。

「これだから、最近の女は嫌いなんだ。感情でああしろ、こうしろと訴えるだけで本質を考えない」

この人が祐一のお父さんか。今までは特に気に留めなかったが、自分の家族になるかと思うと、自分が怒られているような気分になる。

親が離婚してから父とは会ってないので、やさしいお義父さんが欲しいと思っていた。「可愛い娘ができた」そんなことを言われながらお酒を飲むのを想像していたが、どうやらそれは無理そうだ。

祐一が風呂から戻ってきた。バスタオルで頭を乾かしながら、冷蔵庫を開ける。

その姿を見て本当に祐一はこの人の子供なのかと疑った。ただ、頑固なところは少し似ている気がした。祐一は物腰が柔らかいが、自分が決めたことは押し通そうとするところがある。

テレビに映る父親なんて見たくないのかと思い、チャンネルを変えようとしたが、祐一は「いいよ」と隣に座った。

「こう見えて、親父は孤独なんだ」

テレビに向かってつぶやく。

「経営者って成功すると、金や利権を目当てに人が集まってくる。親父のまわりもそんな人が多くて、経営が厳しくなった途端、みな離れていった。結局最後に残るのは家族だから、親父にとって、心から信頼できるのは母さんだけなんだ」

「そうなんだ……」

「それがわかったとき思ったんだ。血のつながらない人とそんな絆をつくれるのって結婚くらいだって」

絆か。うちの両親にはなかったのかな。何十年も一緒にいたんだ。離婚を思いとどまることはできなかったのか。

サイドボードには祐一の両親の写真が飾ってあった。お揃いのアロハシャツを着て、歯を見せて笑っている。

「祐一のお父さんとお母さんは仲がいいんだね」

「うん。たまに親父の出張にお袋もついていって、二人で観光して帰ってくるよ。……でも、それがどうかした？」

「いや、ほら、うちの両親って離婚してるから、そういう夫婦ってうらやましいなと思って」

「あ、そうか。なんかごめん……」祐一は視線を落とした。

「ううん、いいの。離婚したのって大人になってからのことだから、全然気にしてないし。たぶんお互い事情があってのことだと思うからさ」

さやかは立ち上がってテレビを消した。

「さ、明日早いし、わたしもお風呂入ろうかな」

*

「高橋、事務所に照会できた？　あそこ返事遅いから、すぐ催促して」

翌朝、オフィスに入ると一番に聞こえたのは多香子の大声だ。

ホワイトボードにはスケジュールの線が何本も引いてあり、いろんなところに紙の束が山積みになっていた。宇佐美がいないせいかオフィスはしっちゃかめっちゃかだ。

きっと今日も明日も電車がある時間には帰れない。

「多香子、何かできることあったら言って」

さやかが声をかけると、多香子はクリップで留めた分厚い紙の束を突き出した。

「さやか助かる。じゃあこれお願いしてもいい？」

ゲラのチェックだった。ものすごい量だったので椅子に腰かけ、早速とりかかった。

すると、「お前、結婚するらしいな」と、うしろから懐かしい声がした。

振り返ると前の上司の原田が立っていた。ポケットに手を入れて笑っている。

「残念だな。お前が会社を辞めるのは」

「原田さんにそんなこと言われると、結婚したくなくなるじゃないですか」

「あれ、前のときはそんなことひとことも言わなかったぞ」

「そうでしたっけ……」

さやかがとぼけると原田が笑い、空気が和んだ。

「で、原田さん、今日はどうしたんですか？」週刊誌の人がこっちのオフィスに来ることはほとんどなかった。

「おっ、そうだった」原田が手を叩く。「今日はそんなことを話しに来たんじゃなかった。お前に仕事の話があるんだ」

「なんですか、仕事の話って？」

「お前の書いてるコラムあるだろ。あの婚活のやつ。あれが幹部の間でも評判でな。たまたま書籍の部長と話したら、あれを本にしたいって言ってたんだ。どうだやってみないか？　自分の本を出版したいって、前に言ってただろう」

やりたかった。編集の経験を積んで、いつか自分の本を出版したい。それが入社したころの夢だった。仕事に追われるようになって、すぐに忘れてしまったが。

「でもわたし、もうすぐ退職して海外に行くんですよ」

「少し遅らせられないのか」

遅らせるといっても、結婚できなければ会社を辞めると宇佐美と約束し、その期限は迫っている。

「そのことなんですが……、ちょっといいですか」

さやかは原田を廊下へ連れ出し、いきさつを話した。

「そういうことだったのか」原田は腹を抱えて笑った。息苦しそうに口を開く。「そんなことはないから安心しろ。日本の会社っていうのはそんな簡単に社員を辞めさせることなんてできないんだよ。まあ、宇佐美君のことだからやりかねないか」

「ほんとですか。よかった……」さやかは胸を撫でおろした。

「悪かったな黒木。俺はお前の才能に気づいてやれなかった。てっきりバイタリティだけが取り柄だと思いこんで、取材ばっかりやらせちまった。もっといろいろ書かせてやればよかった」原田は頭のうしろを掻く。「いやあ、宇佐美君にはかなわんな」

「どういう意味ですか……」

「ほら、お前が会社辞めた次の日に戻りたいって言ってきただろう。あのとき、この子は才能があるから、rizで引き取りたいって宇佐美君が言ってきたんだよ。お前がやってたグルメ記事を読んでたらしくてな」

え、そうなの。宇佐美は婚約破棄された女を面白がって、婚活の企画をやらせているものだと思っていた。

「いいか黒木。本当にいい上司っていうのは、社員をよく見てるもんだ。そういう上司は大切にしたほうがいいぞ」

「黒木ちゃん」そのとき奥から声がかかった。「プロダクションの遠藤さんから二番に電話」

「まあ、お前さんも忙しいだろうから、ゆっくり考えといてくれ」そう言って原田は去っていった。

午後は川村製薬に出かけた。新商品を発売するらしく、そのプレゼンだった。

「いやあ、申し訳ありません。柏木のやつ急に退職するもんで」

祐一の後任は、前に会った性格の悪そうな長髪の先輩だった。先方の課長におべっかを使っている。髪を掻き上げる姿を見て、多香子が不倫していた話を思い出し、少しいやな気分になった。

プレゼンの進行は栗原美里だ。ピンクのカーディガンを肩にかけ、上司たちに愛想を振りまき、わざととぼけたことを言って場を和ませた。そのおかげか、きつい指摘や要望もなく、いい雰囲気の中でプレゼンが終わった。

「そういえば、黒木さんって結婚されるんですよね」

会議室に二人きりになると、栗原美里は机の上で資料をそろえながら言った。

「あ、はい。実はそうなんです。急に決まっちゃって……」少し照れくさくて、髪を触って答えた。

「いつから付き合ってたんですか」

「いつからって言ったらいいんですかね。あまり長くはないんですけど、結婚するのすごくうれしそうでしたよ。よかったですね。柏木さん、いい人だし、かっこいいし」

栗原美里は微笑む。「この前、柏木さんが挨拶に来たんですけど、結婚するのすごくうれしそうでしたよ。よかったですね。柏木さん、いい人だし、かっこいいし」

そうね。そうだよね。祐一という大好きな人と二人で生きていくのだ。それだけでも充分幸せなことだ。

「でも、わたしには無理だなあ、そんな生き方」

会議室を出ると、栗原美里は歩きながら首を傾げた。

「黒木さんだからできることだと思いました。だってほら、柏木さんって会社辞めて、インドに行くんですよね。わたしはそんな不安定な生活に飛び込めないから」

それは自分も一緒だ。先の見えない生活は怖いし、お金に困るような生活はしたくない。

ただ、それを認めたくなかった。

「まあ、彼には惹かれるところがあったから。経済力とか仕事とかで相手を選ぶのってわたしにはできなくて」

「やっぱり出版社の方って感覚違うんですね。わたしも結婚するなら好きな人がいいですけど、そもそも不安定な生活をする人は好きにならないかな。だって経済力だってその人が努力して積み上げたものだから、それを分けて考えるのっておかしいじゃないですか」

「そうですけど……」言ってることはもっともだったので、それしか言えなかった。

「結婚って人生の大切な選択だから、相手もちゃんと選びたいんです」

栗原美里は「じゃあここで」と別れ、「加藤さん、ランチ連れてってくださいよぉ」甘えた声を出し、男性社員の元に走っていった。

帰り道、いつも行くインドカレー店でランチをしながら最後のコラムを書くことにした。

テーマは「選択」にした。祐一と結婚するかどうかで人生は大きく変わる。祐一は一緒にいて安心するし、誠実だ。恋人としては申し分ない。でも、会社を辞めてインドで起業し、永住すると言っている。

大きくため息をつき、見慣れた東京の街並みを窓から眺めた。

デパートのディスプレイは春物に変わっていて、マネキンがパステルカラーを身に纏っている。隣の雑居ビルはヘアサロンで、白いカットソーを着た女の美容師が真剣な顔ではさみを動かしていた。

ふと、インド旅行でガイドから聞いた話を思い出した。

インドではアレンジド・マリッジといって、お互いの親同士が結婚を決めるらしい。婿側の父親や親戚が、花嫁候補の女の顔や健康状態などを品定めし、最後にはダウリーと呼ばれる持参金の額で、嫁としてふさわしいか判断する。

本人同士に決定権はなく、結婚式の日に初めて結婚相手と顔を合わせることもある。恋人がいても別れなければいけないし、同じカースト内が大前提だ。

女性が働くこともまだまだ少ない。世界には人生を選べない人も大勢いるのだ。もしかしたら、今だってものすごく幸せなのかもしれない。

仕事はつらいときだってあるけど、たいがいのことはなんとかなってしまう。いざとなれば辞めて転職することだってできる。

働いて稼いだお金は自由に使えて、行こうと思えばどこへだって行ける。結婚だって自分で決められるし、男の人について行く必要だってない。自分の夢を追う生き方だってある。

結婚しなきゃ幸せになれないと思っていたけど、結婚しなくたって、彼氏がいなくたって充分幸せなんだ。

向かいのビルから、さっきの美容師がお客さんと談笑しながら出てきた。きれいに染まった髪が風になびく。美容師はそれを満足そうに眺めてから店に戻っていった。

宇佐美がいないせいか、ｒｉｚの次号は金曜日までに校了できず、土曜日も出勤した。しかも、さっきの編集会議で巻頭のページを組み直すことになった。校了寸前で多香子が覆したのだ。

多香子に付き合い、もう三時間も会議室にこもっている。ああでもない、こうでもないと原稿に赤ペンで書きこんでいたが、行き詰まってしまい、考え込む時間が長くなってきた。

正直、早く終わらせたほうがいいと思った。これ以上時間をかけると、本当に間に合わなくなる。

隣のビルの電気が消えた。暖房が効きすぎているせいか頭がぼんやりしてきて、つい結婚のことを考えてしまう。

祐一と行くチェンナイはものすごく暑いし、衛生的じゃない。中心部から少しはずれたらスラムもある。

国内だったら、行った先で出版の仕事を探すという選択もあったかもしれない。そうすれば多少は祐一を支えることだってできる。でも、インドに行ってしまったら今までやってきたことを活かすことができない。

祐一が独立するなんて言い出さなければ――。インドじゃなくて日本だったら――。浮かんでくるのは存在しない将来ばかりだ。

そのとき机の上の携帯が鳴った。母親からだった。

母には、祐一にプロポーズされたことを話していた。ただ、インドに行くことを伝えたら戸惑っていた。フリーターの弟はどこで何をしているかわからない。海外に行ってしまうのは、もうすぐ六十になる母としても不安なはず。

「多香子、ちょっとごめん」

さやかは席をはずし、会議室の外で電話に出た。

「お母さん、あれから考えたんやけどね」母がそう前置きしてから言った。「あんたがその人についていくって決めたなら行きなさい。こっちのことは気にせんでいいから」

「でも、インドだよ」

「いいんやない。インド。お母さんも行きたかったし、福岡からも行ける」

行けるっていっても海外だ。何かあったときにすぐに駆けつけられない。

「さやか聞いて」母が改まる。「お母さん、離婚したやろ。だけん、あんたが結婚なんてしたくないいって言い出す日が来るんやないかって心配しとったんよ。あんただってもう三十なんやし、お母さんと違って大学出て、東京で仕事もしとる。お母さんたちの時代は結婚して、向こうの家に嫁ぐのが当たり前やったけど、今はいろんな選択ができるやろ」

「お母さん……」

「そげん情けない声出さんと。……そうだ。お母さん、あんたのために貯金しとったんよ。どうせあんたのことやけん貯金とかしとらんやろって思って。この前は渡す前にだめになったけど」

「……そんなんいらん」目頭が熱くなり、声が擦れる。

正月に実家に帰ったとき、母には贅沢している様子はなかった。家の中は質素で飾り気がなかった。お母さんって趣味がないんだな。そう思わせる部屋だった。母には人生を楽しんでほしいと思った。

次に思い出したのは、父親が家を出ていったときの姿だ。小さいころに見た大きな背中はなくて、頼りなげな弱く丸い背中だ。「さやか、元気でな」と残して玄関を出ていった。

こういうとき父を恨みたくなる。

どうして自分だけ幸せになろうとするのか。どうして家族を不幸にしてまで、不倫相手との生活を選ぶのか。家族を捨てる男が、どうして結婚なんてしたんだ。

相手の女も想像力がないと思う。不倫を選択する男を、長年連れ添った家族を人生の土壇場で捨てる男を、どうして愛せるのか。残された家族のことを考えないのか。

そんなことを考えていたら頭に血が昇ってきた。両親が離婚したのは大人になってからのことだし、同じ境遇の子は何人かいた。だから、父親のことを気にしたことなんてほとんどなかった。

でも本当は、母親以外の女と過ごす父の生活を想像したくなくて、心の底にしまいこんでいただけなのかもしれない。

気持ちが落ち着かなかったので、コーヒーを入れることにした。時間をとってしまって申し訳ないと思い、多香子の分も入れて会議室に戻った。

「そういえばさやか、あれ、どうなったのよ」

ドアを開けた瞬間、多香子が声をあげた。

「え、あれって……」

「ほら、月曜日に頼んだあれ」

しまった。ゲラのチェックを頼まれたんだ。背中に冷たいものが走る。

「さやか、いい加減にしてよ」

「ごめん、多香子。すぐやる」友達に怒られたせいか、ショックが大きかった。

ただ、この打ち合わせは、校了寸前の原稿を多香子が覆して、代案を出すのを手伝っていた。もしさっきの会議で原稿を通していたら、別の仕事ができた。だから、多香子の言い方は腑に落ちなかった。少なくとも強く言うことじゃない。

「ボスがいないんだから、しっかりしないとだめじゃない」多香子は持っていた三色ボールペンでカチカチと音を立てる。

「でも、多香子の進め方もどうなの？　さっきの原稿、多香子が却下したから、みんなの士気が下がった」

「あれはボスでも絶対通してなかった」

「そうだとしても、編集長がいないからこそ、確実に間に合わせることも考えなきゃいけないと思う」

「さやかさ、辞めるからって仕事の手を抜いちゃいけないんじゃない」多香子はペンを転がすように机に投げ、あからさまにため息をついた。「前から言おうと思ってたけど、さやかはもっと自分に向き合ったほうがいいと思う」

「どういう意味？」

「結婚ってするまでじゃなくて、したあとが大変なんでしょう。楽するために結婚したら、ゆくゆく困るのはさやかじゃない」

今は楽するために結婚したいなんて思ってない。それなのに多香子が決めつけたように言う。

「そんなこと思ってない。決めつけないでよ」父親のことで苛立っていたせいで、きつく言ってしまった。

「さやかは思ってる」

「そうだとしても、結婚して仕事を辞めることがそんなにいけないことなの。みんながみんな多香子みたいに仕事が好きで、仕事を頑張れるわけじゃない。外で働くのが苦手な人もいるし、家事が得意な人だっている。仕事を辞めてパートナーを支える生き方だってあると思う」

「さやかの場合は支えるんじゃなくて、頼ろうとしてる。彼のこと好きなんでしょ。だったら、インドでもどこでも行って彼を支えてあげればいいじゃない。そうしないのは、条件で男を選んで、計算がはずれたからでしょう」

どうしてそこまで言われなきゃいけないんだ。もうやめてほしいのに多香子は一方的に続ける。

「だってそうでしょう。さやかは日本だったらよかったって言ってたけど、インドに行けないのなら、日本にいてもだめだと思う」

朦朧とした頭に声が響く。一瞬、多香子の腕時計が目に入った。

「彼だってかわいそうだよ。さやかのことをなんでもできる女だって勘違いしてる。彼は決心してプロポーズしたんだよ。それなのにさやかは仕事だって結婚だって自分のことしか考えてない」

「不倫してたくせに、そんなこと言わないでよ」

つい言ってしまった。祐一の先輩から聞いて黙っておこうとしたことだ。

でも謝りたくなかった。余計なことを言い出したのは多香子だし、不倫した人間に自分のことしか考えてないなんて言われたくない。不倫で傷つくのは残された家族だ。さっき母と電話したときに感じた、不倫相手への憤りを抑えることができなかった。

多香子が顔を赤くして、目に涙を浮かばせる。

「知ってたの……」

さやかは何も言わず、視線を落とした。

「もう、帰ってよ。……早く帰ってよ」

黙って席を立った。乱暴に立ち上がったせいで、体が机にぶつかりコーヒーが倒れた。黒い液体が原稿に広がっていく。それが頭に残った。


さっき多香子と言い合ってわかった。

インドは無理だ。

出版の仕事を続けたいし、友達と過ごす時間も大切にしたい。家族とも離れたくない。子供はちゃんとした場所で産みたい。先行きの見えない不安な生活はしたくない。海外で事業を起こすなんて何が起こるのかわからない。

それに多香子の言うとおり、祐一は勘違いしている。わたしのことを姉御肌でどんな国でもやっていける女だと思っている。

本当はコンビニやデパートがないと生きていけない普通の三十女。海外に住みたいといっても、アメリカとかヨーロッパの話だ。それもずっとじゃない。数年が限界だ。祐一を支えることができるような女じゃない。

さやかは足を速めた。祐一の部屋の前に着きチャイムを押す。

「ごめんなさい、わたしいろいろ考えたんだけど、やっぱり……」

ドアが開くのと同時に言って、そこで口が止まった。祐一の顔を見たら、さっきまでの思いがどこかに消えていた。

どこに住むとか、どんな仕事をするとか、そんなことはどうでもいい。目の前の人とただ一緒にいたい。

わたし好きなんだ。この人のこと——。

力の抜けた手から、祐一がバッグを受け取る。

「どうしたの、入んなよ」

「ねえ、祐一」靴を履いたまま声をかけた。

「ん、どうした?」

「インド行くから、わたしと結婚するの? 一人で行くのがいやだから結婚するの?」

祐一はゆっくりと首を振った。

「俺にとっては仕事もさやかもどっちが欠けてもだめなんだ。さやかを幸せにしたいから、仕事を頑張れるし、仕事を頑張ればさやかを幸せにできる」

「わたし、祐一が思ってるような女じゃない。祐一がかっこよくて、ちゃんとした会社で働いてるから好きになったたし、インドだって観光地にしか行ってない。物乞いする小さな子を見て、かわいそうだなって思ったけど、すぐにエステに行った。そんな女だよ」

気づいたら言葉を吐き出していた。祐一は背中を向けてリビングに歩いていく。

「そんなことはどうでもいいよ。俺は自分の目でさやかを見てきた。それで一緒にやっていきたいって思ったんだ。今までどんなことをしてきたかなんて関係ない」

穏やかな口調だった。ただ、今までされた告白とは違って人生の覚悟を伴ったものだった。重いものをぶつけられたような感覚になり、そこから動けなかった。

「あ、そうだ」祐一が白い小さな封筒を持ってきた。「忘れないうちにこれ渡しておく。開けてみて」

封筒の中には飛行機のチケットが入っていた。

「どうしたの、これ？」

「さやかのお母さんの分」

「え？」

「これから、家族になるわけだし、俺のわがままで見知らぬ土地に連れていくわけだろ。だからさやかのお母さんを案内する。みんな誤解があるけど、チェンナイって安全だしいいところだから」

祐一は笑う。

「さやかだけは頻繁に日本へ帰れるようにする。今すぐには無理だけど、さやかのお母さんが望めば、将来は向こうで一緒に住めるようにしたい。そのためには、とにかく頑張らないとな」

気づいたら、祐一を抱きしめていた。玄関で慌てて服を脱がし合って、キスをしながらベッドに倒れこんだ。ほんのわずかな隙間もできないように求め合った。

「さやかに淋しい思いはさせないから……」

祐一はそう残して、力尽きるように眼を閉じた。

＊

つないでいた手が離れ、祐一が寝息をたて始めた。

暗闇の中で目を開くと、隣で寝ている祐一の輪郭がうっすらと浮かんでくる。

祐一は芯が強い。無茶なところもあるかもしれないが、泣きごとを言わず、夢に向かって努力を続けそうだ。

それに、結婚に対しても責任を果たそうとしている。愛されていて、必要とされているのだと実感できる。この人に飛び込んでいいと思った。

ただ、何かが引っかかっている。日本を離れたくないのか、母を一人にしたくないのか、仕事を辞めたくないのか、考えてもそれがなんだかわからなかった。

翌朝、日曜日なのに早く目が覚めた。多香子のことが気になっていたからだ。多香子も言い過ぎだけど、頼まれた仕事を忘れたのはこっちだ。宇佐美の代わりを務める多香子にはプレッシャーもあった。不倫のことだって、もう終わったことだ。ひどいことを言ってしまったことに胸が痛んだ。

さやかは会社に行って謝ろうと思った。せっかくできた友達とこのままけんか別れをしたくない。

オフィスに着くと、多香子がぽつんと座っていた。キーボードをカタカタと叩いている。

ただ、素直には謝れず、「おはよう」とだけ言って、必要以上のことは話さなかった。

日が暮れたころ、ようやく校了し、ゲラをバイク便で送った。

「さやか、お先ね」多香子が短く言って席を立つ。

「あのさ、多香子。……ちょっと歩かない？」やっと口にした言葉がそれだった。

多香子は少し戸惑った顔をしてから「うん」と小さくうなずいた。

日曜日のオフィス街は閑散としていた。空はグラデーションのかかった藍色で、白くて小さな三日月が端っこに浮いている。

「多香子、昨日はごめんね。あんなこと言って……」

「ううん。わたしも言い過ぎたから」

しばらく黙ったあと、多香子がぽつりと言った。

「わたしね、ボスのこと嫌いだったんだ……」

「えっ?」

「高校生のころからrizが好きで、どうしてもrizの仕事がしたくて入社したんだけど、編集長がボスに代わった途端、どんどん広告入れていくし、企画もファッションから離れていくから、どうしてそんなに読者に迎合するんだとか、そんなの雑誌じゃないとか、仕事もできないくせに偉そうなことばかり言って、編集部で孤立してたんだ。当然、仕事がうまくいかなくなって、女の子のグループに入るのも苦手だったから、相談する友達もいなくて……」

そういえば、入社してすぐのころ、同期の女の子で集まったとき、多香子だけがすぐ帰ったことがあった。つまらないから帰る。そう見えて、悪く言う子もいた。もしかしたら、あのときも仕事のことで悩んでいたのかもしれない。

「ちょうどそのとき、妻子持ちの男がすごくやさしくしてくれてさ、不倫だからわがまま聞いてくれてたのに、そういうのまだわからなくて。だんだんのめりこんじゃってさ……」

多香子は少し間を置いてから続けた。

「結局、相手の奥さんにばれて訴えられたんだけど、彼が守ってくれなくて。それがショックで会社行けなくなった……。そしたらさ、突然家にボスがきたんだ」

「編集長が……」

「そう。ｒｉｚにはお前が必要だって、編集部の始業時間に針を合わせてあるこの腕時計をくれたの。そのとき、自分のやるべきことがわかった気がしてさ。人にやさしくなろう、少しでも仕事で人を喜ばせようって思った。それなのにごめんね。まだまだだわ、わたし。ボスに編集長を任されたから、まわりが見えなくなって、かっとなっちゃって。さやかに自分の考えを押し付けちゃった」

「ううん、いいの。多香子の言ったとおり、わたし自分のことしか考えてなかったし、結婚に逃げようとしてた。そういうの言ってくれる人いなかったから」

しばらく黙ったまま、誰もいない道を二人で歩いた。気づいたら空は暗くなっていて、三日月があたりを照らしていた。

「わたしさ、最近、歳をとるのも悪くないかなって思うんだ」さやかは空を見上げて言った。

「どうして?」

「だってほら、入社したころの多香子ってつんつんしてて、派手だし、いかにも仕事してますって雰囲気で近寄りがたいと思ってた。でも三十になったら、多香子もわたしも悩みの元は一緒で、それにどう立ち向かうかが違うだけってことがわかったから。他の人を認められるようになったというか、違う価値観も受け入れられるようになったっていうか、歳を重ねるとそういうよさもあるんだなってわかったんだ」

「うん……、ありがとう」

横目で多香子を見た。パソコンの入った大きなバッグが華奢な腕に食い込み、赤くなっている。

「ひとりぼっちになったとき、いつでも相談できる友人を一人持て、あとは仕事」さやかはつぶやいた。

「どうしたのよ、急に」

「ココ・シャネルが言ったらしいよ。わたしこの言葉、結構好きでさ」

多香子は息を漏らすように笑う。

「なんか、さやかってボスに似てきた」

「やめてよ、変なこと言うの」

仲直りできてよかった。女友達はいやなことがあると離れていくけど、多香子とはそうなりたくなかった。


駅で多香子を見送ったあと、会社に戻った。

婚活のコラムを本にする仕事を引き受けることにした。パソコンに向かいファイルを開く。

宇佐美や多香子が悩み苦しみながら、この雑誌を残してくれた。そのおかげでこの仕事ができる。少しでもこの編集部に恩返しできたらいい。日本にいる時間はもうあまりないが、なんとかするしかない。

キーボードを叩いていると、いつの間にか十二時を回っていた。

明日は祐一の親に挨拶する日だ。早く帰って寝なければ。

家に持ち帰るため、原稿を印刷した。旧式のプリンターから紙が出てくるのを眺めているとお腹が鳴ってしまう。朝から何も食べてないことを思い出した。

そのときドアが開く音がした。誰かがオフィスに入ってきた。

パーテーションから顔を出すと、宇佐美がいた。

レザーのジャケットを羽織り、サングラスを頭にのせ、「寒い夜だからー」と鼻唄を歌っている。

その姿を見て、さっき多香子から聞いた話を思い出した。

会社に行けなくなった多香子に腕時計をプレゼントするなんて、宇佐美はいいやつなのかもしれない。普段は口が悪くて、絡みづらくて、面倒な人だけど、本当に困ったときは助けてくれるし、間違ったときは強く叱ってくれる。自分の人生にいてくれたことが、なんだかうれしかった。

宇佐美と話したくなり、さやかから寄っていった。

「お帰りなさい。こんな時間にどうしたんですか」

「おう、いたのか」さほど驚きもせず、宇佐美はデスクにトートバッグを置き、「これを帰りに読もうと思ってな」と今日校了したゲラのコピーを手にした。

「明日のパーティー、編集長も来るんですよね」

「ああ」

「変なことしないでくださいよ」

「ふん」いつものように鼻で笑う。「お前もな。変な服着て来るなよ」

「わかってますよ」

「会社のためにも頼むぞ。お前が結婚してくれれば、柏木社長と強力なコネクションができる」

「はいはい」

宇佐美は窓ガラスに自分を映してマフラーを巻き直した。微かに香水の匂いが漂ってきた。

「そういえば、契約はどうなったんですか？」

「完璧だ。向こうの出版社がこっちの要求を呑んでくれた。お前が持ってきてくれた最終兵器が効いたよ」

最終兵器ってマジックの衣装のこと？　さっぱり意味がわからなかった。でも、こちらが提示した条件で契約がまとまったのだからすごいことだ。

宇佐美ならどんな仕事もやりとげそうな気がする。

「編集長って、どうして雑誌の編集やろうと思ったんですか？」ふと気になったので聞いてみた。

「俺か？　学生のころ、好きな子がいたんだけどな、そいつの男が雑誌の編集やってたんだ」

「そんな理由だったんですか？」

「ああ、きっかけなんてそんなもんだ。フェラガモが靴職人になったのだって、教会に履いていく靴を妹のためにつくったのがきっかけだからな」

宇佐美はそう言って、足を上げフェラガモと思われるローファーをこっちに見せた。

さやかが笑うと、宇佐美も笑った。やさしい大人の笑顔だった。恋人の前ではこんな笑顔をするのだろうか。どんなふうに頬に触れ、どんなふうに身体を引き寄せるのか、そんなことを考えてしまう。

「じゃあな。明日遅刻するなよ」

宇佐美はトートバッグを肩にかけ、入口に向かう。その背中を眺めていると、なぜか小さいころに見た父親の背中が重なった。「さやか、行ってくるぞ」と玄関で仕事に向かうときの大きな背中だ。

胸の中で何かがこみ上げてくる。

祐一との結婚に引っかかっていたものがなんだかわかった気がした。

「あの……」気づいたら、宇佐美を呼び止めていた。

「ん」宇佐美が振り返る。

「編集長、わたし……」

「どうした?」

編集長に話したいことがあって、編集長に言われた企画、本にすることになって、だから、お礼を言いたくて、今日ご飯食べてなくて、だから……。いろんな言葉を口から出したくて、でも、どの言葉から発していいかわからなかった。プリンターの音だけがオフィスに響く。

さやかは一つ息を飲みこんでから言った。

「あの、わたし……」

寒い夜だから——

宇佐美の携帯から曲が流れる。

「ちょっと待ってろ」と宇佐美は電話に出た。「どうもー、宇佐美でございますー。柏木社長、これはこれは、わざわざありがとうございます」

宇佐美が甲高い声を出した。どうやら電話の相手は祐一の父親のようだ。

「明日ですか? もちろん伺わせていただきます。ええ、ええ、はい……。もちろんうちの黒木も一緒です。いやあ、これからは家族ぐるみの付き合いですね。引き続き弊社ともどもよろしくお願いいたします」

宇佐美は電話の向こうに腰を折る。その姿を見て、自分なんて入る余地のない人なんだと、妙に納得してしまった。昂ぶった気持ちが収まり、息が漏れる。

宇佐美にはずっとこのままでいてほしい。

やっと気持ちの整理がついた気がした。

「明日はめでたいな。お前の結婚が決まって、新しいスポンサーも決まる」宇佐美は携帯をしまいながら言った。「そういえば、何か言おうとしてなかった？」

「編集長も早くいい人見つけてください」

「は？　なにが」

「わたしがお嫁に行ったら、編集長の相手する人いなくなるじゃないですか」

「バカか」宇佐美が鼻で笑う。「早く帰って寝ろ」そう残して宇佐美は行ってしまった。

一人になったオフィスはやけに静かだった。

14

われた。

祐一の父親が経営する会社の創立三十周年記念パーティーは赤坂の老舗ホテルで行われた。

祐一の父親は名物経営者だけあって参加者が多い。テレビで観たことのある政治家もいる。

「ただいまご紹介に預かりました、柏木コーポレーションの柏木惣一です」

司会に促され、祐一の父親が壇上で挨拶をする。スーツはダブルで頭は白髪交じりのオールバックだった。

「まだ食べ物も着るものもない貧しかった時代、わたしは裕福になろうと、欧米に追いつけ追い越せという思いで、まさにゼロからスタートしました。それがどうですか。こんなに食べ物があるというのに、もうお前は食べるなと、医者に止められました」

気づいたら、宇佐美は一番前に陣取っていた。ちょっとしたジョークも全て高笑いをし、一番大きな音を立てて拍手をした。年輩のおじさんたちに交じって一人背の高い男がいるので目立つ。

挨拶が終わったあと、祐一のお父さんは会場を談笑してまわった。そのすぐうしろを宇佐美がついてまわり、話しかけるタイミングを探っている。広告を入れてほしいのだろう。気に入られようと必死だ。

さやかは祐一と端のテーブルにいた。両親に気に入ってもらえるか心配で、朝から何も喉を通らなかった。祐一も緊張しているのか、手が触れたとき汗をかいているのがわかった。父親とは気軽に話せる関係ではなく、インドで独立することもまだ許してもらえてないらしい。

しばらくして和服姿の祐一の母親がやってきた。

「あらぁ、はじめまして。祐一がいつもお世話になっております」着物の裾をおさえ、笑顔で小さく頭を下げた。

「はじめまして。黒木さやかと申します。こちらこそ祐一さんにはいつもお世話になっておりまして」

今のあいさつは合っているのか、お義母さんって呼んでいいのだろうか。緊張してしまい声がうわずってしまう。

「祐一から話は聞いております。お仕事で一緒になったとかで」

「あ、はい。そうなんです……。雑誌の編集をしてまして、それをきっかけにお付き合いさせていただいて、ｒｉｚという女性誌なんですけど……」途中で何を話しているのかわからなくなった。

「急に会社辞めたと思ったらインドに行くなんて、さやかさんも大変な人を選んじゃったわよね。この子は誰に似たのか、一度決めたことは絶対やめないのよ」

それでも母親は笑顔を崩さず、会話を続けてくれた。いい人そうでよかった。胸を撫でおろす。

祐一の父親とは話すタイミングがないまま、時間が過ぎていき、壇上で政治家が一本締めをした。会は終わり、来賓を見送る。

宇佐美は思いどおりにいったのか、「あとは頼んだぞ。社長に粗相《そそう》のないようにな」と満足気な顔をして帰っていった。途端に心細くなる。

会場にいるのは祐一の家族を含めた何人かだけになり、ホテルのスタッフが後片付けを始めた。壁際では、黒いスーツの屈強な男が視線をこっちに向けている。父親の秘書だろうか。

父親の元へ挨拶しに行くと、握手を求められた。

「これは、これは。ようこそお越しくださいました」

近くで見ると、顔の皺が深かった。テレビで観るよりも上背はないが、手が大きく分厚い。修羅場をくぐり抜けた凄みが、握った手から伝わってきた。

「父さん。来月、さやかと日本を発つから」

自己紹介を済ませると、すぐに祐一が切り出した。父親は眉をひそめる。

「お前、まだそんなこと言ってるのか」

「もう決めたことなんだ」

「事業を起こすのだけはやめろって言ってきただろ。よりによってインドなんて。お前はな、俺が入れてやった会社で働いていればいいんだ」

「あの会社に入れてもらったことは感謝してる。でも、今は自分のやるべきことが見つかったんだ」

「なんだ、お前のやるべきことって」

「世界に通用する企業を立ち上げる。日本には優秀な人材がたくさんいる。世界に誇れる技術だってある。それなのに、韓国や台湾のメーカーにできて、日本だけが取り残されるのはおかしい。だからなんとかしたいんだ」

「そんなことできるわけないだろう」

「俺にできなくてもいい」祐一が声を張った。「俺が支援して、誰かが成功してくれればそれでいいんだ。一つ成功事例ができれば、後に続く日本人が出てくる。でも今の日本にはそういうベンチャーが出てこないんだ」

「ふざけるなっ。なにがベンチャーだ」

父親がグラスを乱暴に置いて声を張り上げた。近くにいたホテルのスタッフたちが何事かとこちらを見る。

「日本で結果も出してないやつが、偉そうなこと言うな。失敗したらどうするんだ。歳食って日本に帰ってきても、そんなやつ、どこも雇わないぞ。どうしても行きたいなら、俺と縁を切ってから行け！」

「お父さん、さやかさんもいるんだから」祐一の母親がなだめたが、やめようとしなかった。

「だいたい、この子だって困ってるんじゃないか。半人前のお前が無理やり連れていこうとしてるんじゃないのか」

祐一が唇を噛む。

「わたしは大丈夫です」さやかは意を決して言った。「祐一さんは努力できる人だし、まっすぐな人です。だから独立を認めてもらえませんか。わたしからもお願いします」祐一の前に出て頭を下げた。祐一に簡単に縁を切るなんて言ってほしくなかった。

頭を上げると、父親から遠慮のない視線を上から下まで浴びた。父親は眉間に皺を寄せ、舌打ちする。

「話は家に帰ってからだ。祐一、車を回してこい」

父親は鍵を投げた。それを受け取った祐一は会場を出ていく。

それを見届けたあと、父親はゆっくりと口を開いた。

「あいつに事業は無理だ」

近くにあったグラスに口をつける。

「これでも俺はあいつの親だ。それに経営者として成功したやつも、失敗したやつも山ほど見てきた。だからあいつにビジネスは無理だとわかる。何もできずに帰ってくるのがオチだ」

「でも、そんなこと、やってみないと……」

「知ったような口をきくな！」

怒鳴り声で打ち消された。あまりの威圧感に体が固まってしまう。

「俺は何十年も身一つでやってきたんだ。うまくいくか、いかないかくらいわかる。あいつはやさしすぎるから無理だ。できないやつに、できるって言うのは拷問だぞ」

間近でにらまれた。前を見ていることすらできず、うつむいてしまう。

「だいたい君は、自分の旗を揚げようとしているやつを支えることがどんなことかわかってんのか。俺はな、自分の家まで抵当に入れて、資金繰りしたのに、少し給料減らしただけで社員から脅迫状がきた。何もかも失って、自殺を考えたこともあった。現実にそういうことが起こるんだ。それを受け入れる覚悟はできてんのか。どうせ、あいつがなんとかしてくれるとでも思ってるんだろ」

「お父さん、もういいでしょ」母親が肩に手を置いて制した。

父親は咳払いをする。

「悪いことは言わない。覚悟ができていないのなら、今のうちにやめてほしい。あいつのためにもならないし、君のためにもならない」

そこに祐一が戻ってきた。涙がこみ上げてくる。シャンデリアが無数の残像をつくってぼやけた。

ごめんね。祐一――。

お義父さんの言うとおり、覚悟なんてできていなかった。本当は今でもインドに行くのは不安だった。

祐一は人生を賭けた決断をして、わたしの人生まで背負う覚悟をしたのに、心のどこかで事業に失敗して日本に帰ってくることを望んでいた。どうして日本で働いてくれないんだ。どうして会社を辞めてしまうのか。プロポーズをされてからずっと、結婚したあとの生活を計算していた。

最初から祐一を頼ろうとしていたのだ。自分を幸せにしてくれるかどうか、そういう観点でしか見てなかった。

そんなわたしが祐一と結婚したら足手まといになる。祐一のことを一番に考えたなら、祐一のことが好きだったら、プロポーズは受けるべきじゃなかった。

どうしようもない自己嫌悪に襲われた。

＊

トイレにいくふりをして、その場を離れた。

顔を見られたくなくて下を向いて歩いた。絨毯の模様を頼りにホールを出て、廊下を走る。早く誰も見てないところに行きたい。

痛っ――。

廊下の角をまがったところで、何かにぶつかった。

顔を上げると、蝶ネクタイが見えて、シルクハットが見えた。

宇佐美だ。

「何してるんですか……」呆気にとられて、泣き顔のまま聞いた。

「マジックを披露するタイミングを狙っていた」

「は？」

「広告を入れてもらうために、お前の結婚をマジックで盛り上げて、だめ押しするつもりだった」宇佐美はまっすぐ前を向いたまま、静かに言う。「だが、今考えが変わった。言いたいことを言いに行く」

「なんですか？　言いたいことって」

「挑戦者はな、いかなる理由にも邪魔されるべきじゃない」

「なに言ってるんですか……。そんなことしたらスポンサー探しどころか、あとで問題になりますよ」

「俺をなめるな。それくらいなんとかなる」

どうして宇佐美がわたしの結婚に関わる必要があるんだ。もうこれ以上やさしくするのはやめてほしい。自分のことしか考えてなかった自分がみじめになる。

「もう、わたしのためにそんなことするのはやめてください」

「黒木、それは違うぞ。俺は自分のやるべきことをやるだけだ」

「どうして、これが編集長のやるべきことなんですか。本当はｒｉｚのために広告とることがやるべきことなんじゃないですか。海外出版の話だって、出世の話だってあるのに、わたしの結婚に首を突っ込むことが、どうして編集長のやるべきことなんですか」

「それはな……」

宇佐美はシルクハットを脱ぎ捨てた。

「お前が俺の部下だからだ」

前髪を直しながら祐一の父親にまっすぐ向かっていく。歩きながら蝶ネクタイをはずし、袖のカフスをはずした。

父親のうしろに立つと、肩を掴んで無理やり振り向かせた。

「コム デ ギャルソンのデザイナーが誰だか知ってますか?」

何事かという顔で祐一の父親が目を見開く。

「コム デ ギャルソンのデザイナーが誰だか知ってますか!」宇佐美の通る声がホールに響いた。

祐一の父親は唖然としていた。父親だけじゃない、祐一や母親も、ホテルのスタッフも宇佐美を見たまま動きが止まっている。

「ど、どうしたんだ。宇佐美君」

「コム デ ギャルソンのデザイナーは川久保玲だ。川久保玲はな、もともと日本企業のOLだった。ファッションがやりたいって三年で会社を辞めて、スタイリストになった。今度は着せたい服がないから、自分でつくるって言ってデザイナーになった。

そのあと日本人のデザイナーなんて鼻で笑われる時代にフランスに渡ってな、コレクションで世界の度肝を抜いた。まわりから無理だと笑われても、一歩踏み出して世界を変えた日本人だっているんだ」

「何を言ってるんだ。無礼だぞ」父親が激高する。宇佐美は構わず続けた。

「あんたも本当はわかってるだろう。あんたらのつくった日本が挑戦者を減らし、このまま行けば日本が世界に取り残されることを。日本には世界で戦える次世代の経営者が必要なことを」

「お前には関係ないだろう」祐一の父親が唾を飛ばした。ただ、声は動揺している。

「自分の会社を守ることだけが、あんたの役割じゃない。これから日本を支えていく人材を育てることが、あんたたちが生きてきたことの価値じゃないのか」

宇佐美は何も間違ってないという顔で言い切った。

「おい、誰か」祐一の父親が助けを呼んだ。

秘書らしき男が走ってきて宇佐美の腕を掴んだ。宇佐美はそれを押しのけた。片付けをしていたウエイターが巻き添えになり、料理が床に落ちる。皿の割れる音が響いた。

「おい、お前」

宇佐美は祐一を指さした。

「いいか、まわりがなんと言おうと、絶対負けるんじゃねえ。相手がインド人だろうと宇宙人だろうと、関係ないからな。失敗したって、勝つまでやればいい。格差とかルールとか小さいこと言ってんじゃねえぞ」

祐一が目を赤くしてうなずく。

今度は警備員が会場に入ってきて、宇佐美をうしろから取り押さえようとする。揉み合っているうちにティファニーのネックレスが床に落ちた。それを警備員の一人が踏みつけた。

羽交い絞めにされた宇佐美は、強く体を揺らし振り払おうとするが、離れることができなかった。歯をくいしばり引きずり出されるのを必死に堪えている。

弱い自分の代わりに戦っているように見えた。恋人でもない、父親でもない、出会って半年しか経っていない、ただの上司が――。

胸が熱くなり、溜まっていた涙が頬を伝った。

「おい、黒木、よく聞け」

宇佐美が顔だけ向けて叫ぶ。はい、の声が出ないので、何度もうなずいた。

「お前もな、今この瞬間からどんな選択をしてもいいんだ。どんな家で育ったとか、どんな人生を送ってきたとか、そんなことは関係ない。最後は自分がこれからどうあるべきか、自分によく聞いて自分で決めろ。そうすればどんな困難にぶつかっても乗り越えられる」

秘書の肘が宇佐美の顔に入る。膝が崩れ倒れそうになるが、寸前のところで堪えて叫んだ。

「大切なのはどんな選択をするかじゃない。自分が選択した人生を強く生きるかどうか。ただそれだけだ」

警備員たちに宇佐美の大きな体が組み敷かれ、引きずられるように連れ出される。白いシャツが床に落ちた残飯で汚れていた。

さやかは追いかけてホールを出た。廊下の奥に両脇を抱えられた宇佐美が見えた。目の上を赤紫に腫らしている。

「編集長」

そう呼びかけると、宇佐美が小さく笑ったように見えた。

*

さやかはホールに戻り、祐一の父親に頭を下げた。

「やっぱり、祐一さんの独立認めてもらえませんか。祐一さん、いつもお父さんの話をするんです。きっと、お父さんみたいになりたいんだと思います。お父さんが応援してくれたら、最後まで頑張れると思います。だからお願いします」

「もういい、勝手にしろ」

父親は憮然とした表情で出ていく。祐一は考え込むような顔をして、立ち尽くしていた。

祐一の母親は着物の袖をまくり、ホテルのスタッフに交じりテーブルの上を拭き始めた。止められても、「いいの、いいの」と片付けを続けて、困った顔をされている。

さやかも隣に行って片付けを手伝った。

「なんだか、ごめんなさいね、失礼なこと言っちゃって。うちの人、過保護だから、祐一のことが心配でしょうがないのよ。もう大人なのにね」

「いえ、謝るのはこっちです。さっきの人会社の上司なんです」

「あら、そうなの。変わった上司ね。部下のことが心配でこんなところまで来るなんて」

「本当に変わった上司なんです。見栄っ張りで頑固で子供っぽいんですが、根はいい人なんです」さやかはもう一度頭を下げた。「今日は大切な日だったのに、本当に申し訳ありませんでした」

「いいのよ、男の人はあれくらい元気なほうが」

祐一の母親はそう言って、止めていた手を再び動かした。手の甲に刻まれた皺が目に入る。うちの母親よりも皺が深い気がした。苦労を乗り越えてきたことを感じさせる手だった。

「さっきの人も言ってたとおり、さやかさんはうちのことなんか気にせず、自分の道は自分で決めるといい。結婚なんて考えてするもんじゃない。したいときにすればいいのよ。ほら、わたしなんてお見合い断って、田舎から出てきたあの人と結婚したじゃない。なんでランニングシャツ着て顔を黒くした人と結婚したかなんて、今もわからないんだから」何か思い出しているような顔で言った。

胸がすっと軽くなった。

「はい」と返事をすると、「結婚なんてそんなものよ」と祐一の母親は呑気に笑った。その笑顔を見て、祐一は母親似だなと、今さら思った。

帰り道、気を落としたのか、祐一の口数は少なく、ほとんど会話を交わさないまま、さやかのマンションに着いた。

「俺、さやかに甘えてた」

祐一が思いつめた顔で言った。

「心のどこかでさやかが助けてくれるんじゃないかとか、失敗したときに慰めてくれるんじゃないかとか、事業に失敗したときのことを考えてた」

祐一が空を見上げる。

「まだ何も成しとげたわけじゃないのに、さやかに仕事とか家族とか捨てさせて向こうに連れていこうとしてた俺が間違ってたのかもしれない。一人で行って、安心して生活できるくらいになってから呼ぶべきだった……」

肩を落とした祐一は「今日はもう遅いから、明日また話そう」と去っていった。祐一の背中が道の先に消えようとしている。

インドでやっていく覚悟があるかと聞かれれば、うんとは言えないし、自信もない。きっとつらいことや、いやなことがたくさん起きるのだろう。でも、修羅場なら編集の仕事で何度も経験してきた。それと同じことだ。一つ一つ乗り越えていけばいい。

それに祐一は自分を必要としている。だったら支えてやろうじゃないか。祐一が弱音を吐いたら尻を叩いて働かせるのだ。それが一番わたしらしい。文章を書く仕事だったら、どこに住んでいたってできる。

行ってやるか、インド――。インドカレー好きだし。

さやかは祐一を追いかけた。腕を振って全力で走った。髪が風で大きくなびいた。

ワンピースが胸に貼りつく。

なんだか楽しみになってきた。自分の未来が、歳を重ねるのが。

祐一とはたくさん笑って、けんかをして、仲直りをして、手をつないで、体を重ねて、子供をつくって、育てて。それで、みんなが気軽に遊びに来れる家庭をつくろう。

街路樹や手をつないだカップルが視界の隅を通り過ぎる。

さやかは祐一を追い越し、正面から両肩に手をのせた。祐一の目をまっすぐ見つめる。

「わたし……行くから……」息を切らしながら言った。

「えっ」

「自信なんて全然ないし、わがまま言って祐一を困らせるかもしれないけど、一緒にインドに行くから」

「でも、無理して行ってもお互いのためによくない」

「無理なんかしてない」

「本当？」

「うん」

「もしかしたら、失敗して無職になるかもしれないよ」

「もし無職になったら、わたしが養ってあげる」

15

宇佐美は二週間の謹慎処分を受けることになった。取締役昇進の話もなくなり、ｒｉｚ編集長に留任した。

ただ、宇佐美は頭を丸め、手のひらを返したように謝罪をしたので、それ以上のことにはならなかった。

祐一の独立については、「俺が認めるまで、帰ってくるな」とお義父さんから厳しい許可が下りた。でも、本当は息子が心配らしく、同じ思いをさせたくなかったと、一緒にお酒を飲んだときに漏らしていた。最後には祐一を支えてやってほしいと、頭を下げられた。

「やめて、もう、あ、もう、ムリムリムリ――、あっ、あ――」

コルセットの紐を締められ、変な声が出た。ブライダルエステの短期痩身コースで体を絞るつもりだったが、時間がなくて行けなかった。おかげでビスチェからお肉がはみ出ている。

でも、この数日間、ほぼ徹夜で原稿を書きあげたおかげで、自分の本を出すという夢もかなった。こうして式も挙げられる。

移住の準備が山ほどあるので、結婚式はあきらめていたが、祐一が空いている式場をあたってくれていたのだ。

「わあ、さやかきれい」多香子が控え室に入ってくるなりハグをした。

「多香子ありがとう。いろいろ準備手伝ってくれて」

「いいの。ブーケさえこっちに投げてくれれば」

そう言って多香子がもう一度ハグをする。

「たまにはチェンナイ遊びに来てね」抱きしめたまま言った。

「うん。さやかの好きな泡盛持って遊びに行く」

多香子とはおばあちゃんになっても、酒でも飲みながら男の話で盛り上がっている気がする。だから涙は出なかった。きっと今日は思い出の一ページに過ぎない。

「おい、黒木！」そこに坊主頭の宇佐美が控え室に入ってきた。「どうして、俺がお前とバージンロードを歩かなきゃいけないんだ」

バージンロードは父親の代わりに宇佐美に歩いてもらうことにした。祐一の提案だった。

「編集長が、俺の見せ場もつくれって言ったんじゃないですか」

「だからって、どうしてこうなるんだ。俺がお前の親父に思われたらどうするんだ」

そう言っているわりに、派手な燕尾服を着こみ、鏡に向かって決め顔を練習していた。本当はやりたくてしょうがないのだ。

「大丈夫ですよ。うちのお母さん、若い男を見つけて再婚したって、みんなに言ってありますから」

さやかが冗談を飛ばすと、近くにいた母親が「あなた」と宇佐美に腕を絡ませた。

宇佐美が顔を引きつらせる。

そこに係の人がやってきた。

「お父様、そろそろご準備を」

「だから、俺は親父じゃねえって言ってるだろ」宇佐美が係をにらむ。

「まあ、まあ、いいじゃないですか。今日はおめでたい日なんですから」多香子がなだめに入った。

舌打ちした宇佐美は、「しょうがねえな、それ持って来い」と顎で机の上の紙袋をさした。

「なんですか、これ？」

「いいから開けろ」

紙袋を開けると丸めた紙の中に、白いエナメルが見えた。いつか宇佐美と一緒に見たルブタンのハイヒールだった。

「え、いいんですか……」

「ああ、約束だろ。俺とレッドカーペットを歩くからには、それくらい履いてもらわないとな」

「ありがとうございます、編集長」

目頭が熱くなり、声が擦れた。今となっては言い争ったことも、フェラーリで迎えにきてくれたことも、パーティーで酔いつぶれて家まで送っていったことも、仕事で叱られたことも、全部いい思い出だ。笑っているのに涙で視界が滲む。

「黒木、つらくなったら戻ってきていいからな」宇佐美が背中を向け、天を仰ぐ。

「何泣いてるんですか」

多香子がハンカチを持っていくと、「泣いてねえよ」とそれを奪い取った。

「本当はさやかのこと好きなんじゃないですか」

「好きじゃねえ、なんで俺がこいつのことなんか……」

「素直じゃないんだから、ボスは」

再び係の人が呼びにきた。

「お父様、そろそろ……」

「だから親父じゃねえって言ってるだろ」

目を赤くした宇佐美が声を荒らげた。

みんなで笑った。いい仲間に恵まれて、誰がなんと言おうとわたしは幸せだ。

大きな扉の前に宇佐美と並んで立つ。中からパイプオルガンの音色が聞こえてきた。

扉が開き、母親の前で膝を曲げた。上げていたベールを下げてもらう。この儀式は子育てが終わったという意味があるらしい。

ずいぶん小さくなった母から、「さやか、もう大丈夫やね」と声をかけられた。涙が落ちる。

赤いバージンロードの先には白いタキシードを着た祐一がいる。白い歯を見せて、小さくうなずいた。

わたしの旦那さんは世界一かっこいい。やっぱり結婚してよかった。年下だけど当分の間は甘えさせてもらおう。

友達や、会社の人や、親戚の顔が見えた。さやちゃんおめでとう。黒木よかったな。さやかきれいになったね。そんなことを言われている気がする。

人生で一番幸せな時間だ。こんな幸せを味わったからには、これからの人生どんなにつらいことがあっても頑張るしかない。

宇佐美が肘を出した。

そこに手をのせ、一歩目を踏み出す。

「黒木、一つ言い忘れた」バージンロードを歩きながら、宇佐美が囁いた。

「なんですか？」

「……お前、また太ったな」

神父さんに見えないように、宇佐美の背中を殴った。

End.

参考文献

『ブランドの条件』　山田登世子（岩波書店）
『ポストモダンマーケティング』　スティーブン・ブラウン（ダイヤモンド社）
『世界のブランド「これ知ってる?」事典』　快適生活研究会（PHP研究所）
『エルメス』　戸矢理衣奈（新潮社）
『ブランドおもしろ事典』（主婦と生活社）
『ルイ・ヴィトンの法則』　長沢伸也（東洋経済新報社）
『私的ブランド論』　秦郷次郎（日本経済新聞社）
『女を磨く　ココ・シャネルの言葉』　高野てるみ（マガジンハウス）
『マーケティングマインドのみがき方』　岸田雅裕（東洋経済新報社）
『歴史人物・意外な「その後」』　泉秀樹（PHP研究所）
『日本を愛したティファニー』　久我なつみ（河出書房新社）
『an・an　No.1727』（マガジンハウス）
『男のための自分探し』　伊藤健太郎（1万年堂出版）
『世界一の美女になるダイエット』　エリカ・アンギャル（幻冬舎）
『ヴィジョナリーズ』　スザンナ・フランケル（Pヴァイン・ブックス）
『グッチ家・失われたブランド』　中村雅人（日本放送出版協会）
『堕落する高級ブランド』　ダナ・トーマス（講談社）
『インドで「暮らす、働く、結婚する」』　杉本昭男（ダイヤモンド社）
『ファッション・マーケティング』　塚田朋子（同文館出版）

本作品は2015年4月に小社より刊行された単行本に加筆・修正を加えて文庫化したものです。

大橋弘祐（おおはし・こうすけ）

立教大学理学部卒。大手通信会社の広報、マーケティング職を経て、作家、編集者として活躍中。本作は初の小説作品でありながら、地上波で連続テレビドラマ化される。また『難しいことはわかりませんが、お金の増やし方を教えてください！』（共著、文響社）など、「難しいことはわかりませんがシリーズ」が30万部突破のベストセラーになる。

サバイバル・ウェディング 文庫版

2018年6月26日　第1刷発行

著　　者：大橋弘祐
装　　丁：藤崎キョーコ
編　　集：林田玲奈
発 行 者：山本周嗣
発 行 所：株式会社文響社
〒105-0001　東京都港区虎ノ門2-2-5
共同通信会館9F
ホームページ：http://bunkyosha.com/
お問い合わせ：info@bunkyosha.com
印刷・製本：中央精版印刷株式会社

ISBN：978-4-86651-071-2　Printed in Japan
この本に関するご意見・ご感想をお寄せいただく場合は、郵送またはメール（info@bunkyosha.com）にてお送りください。

JASRAC 出　1803504-801
NexTone PB41207号